Milan Kundera

米兰·昆德拉

邱瑞銮——译

L'identité

身份

ŒUVRES DE MILAN KUNDERA

上海译文出版社

图书在版编目（CIP）数据

身份／昆德拉(Kundera，M.)著；邱瑞銮译.
—上海：上海译文出版社，2014.8（2023.9重印）
（米兰·昆德拉作品全新系列）
ISBN 978-7-5327-6646-8

Ⅰ.①身…　Ⅱ.①昆…②邱…
Ⅲ.①小说-法国-现代　Ⅳ.①I565.45

中国版本图书馆 CIP 数据核字(2014)第109331号

Milan Kundera
L'identité

图字：09-2002-460号

身份
L'identité

MILAN KUNDERA
米兰·昆德拉 著
邱瑞銮 译

出版统筹　赵武平
责任编辑　缪伶超
装帧设计　杨林青

本著作之中文简体译本由皇冠文化集团独家授权使用

上海译文出版社有限公司出版、发行
网址：www.yiwen.com.cn
201101　上海市闵行区号景路159弄B座
杭州宏雅印刷有限公司印刷

开本 890×1240　1/32　印张 6　插页 5　字数 66,000
2014年8月第1版　2023年9月第9次印刷

ISBN 978-7-5327-6646-8/I·4004
定价：66.00元

本书如有质量问题，请与承印厂质量科联系，T：0571-88855633

1

诺曼底海边小城的这间旅馆，是他们无意中在旅游导览上找到的。香黛儿礼拜五晚上到达这里，自己一个人来过一夜，没有跟让-马克一起。明天大约中午的时候，他才会和她碰头。她把小旅行箱留在旅馆房间里，人就出去了；在陌生的街道上蹓跶了一会儿，又回到旅馆的餐厅。七点半，餐厅里还空荡荡的。她坐在桌旁，等着有人看见过来招呼她。在餐厅另一头，靠近厨房门口的地方，有两位女服务生正谈得热烈。香黛儿不喜欢扯着喉咙喊，便站起来，穿过餐厅，来到她们旁边；可是她们太专注于她们所谈的事："我告诉你，到现在已经整整十年了。我认识他们。实在很可怕。竟然连一点线索也没有。完全都没有。电视上也报导过这件事。"另一位接着问："他到底发生了什么事？""谁也不知道，旁人根本无从想象。这才可怕。""是凶杀案吗？""大家找遍了附近的地方。""是绑架吗？""可是绑架的人是谁？又为什么要这样做？他不是有钱人，也不是什么重要人物。他们都被带去上电视。他的孩子、他太太。真让人鼻酸。你懂吧？”

然后，她注意到了香黛儿：“您知道电视上那个讲失踪人口的节目吗？那个叫做《不见影踪》的节目。”

“嗯。”香黛儿说。

“您大概也看到了布迪厄家的事。他们是这里的人。”

“嗯，真是可怕。”香黛儿回答，她不知道该怎么从这个悲剧事件拉回吃饭这个俗气的问题上。

“您要用餐吗？”另外一位女服务生终于问她。

“嗯。”

“我去叫经理来，您请坐。”

她的同事又补了一句：“您知道吗，你心爱的人失踪了，可是你永远不知道他到底发生了什么事！这会让人发疯的！”

香黛儿回到餐桌上；五分钟后，经理来了；她只点了冷盘，就这样，很简单；她不喜欢自己一个人吃饭；啊，她恨透了这种事，自己一个人吃饭！

她切着盘子里的火腿，没办法不去想刚刚那两位女服务生放进她脑子里的事：在这个世界上，我们每个人的脚步都是被监控的、被记录存证的。在超级市场里，有许多架监视摄像机紧紧盯着我们；在街上，会不断地和别人擦撞而过；在做爱之后，第二天早上甚至还免不了被研究者、被民意调查诘问（“你们在哪里做爱？”、“一个礼拜做几次？”、“用不用安全套？”）。一个人怎么逃脱得了监视，就这样消失得无影无踪呢？

嗯，她知道那个节目，那个节目的名称让人心惊，《不见影踪》，不过这是唯一会触动她的节目，因为它的内容真实、充满了哀伤，好像有一股外来的力量迫使电视台舍弃其他无聊的东西。节目的调子沉重，主持人请观众提供线索，协助寻找失踪的人。在节目最后，还会把《不见影踪》以前所有单元里播过的照片，一张张再播送出来；其中有已经失踪了十一年的。

她想象，有一天让－马克也会这样消失。她会对他的状况一无所知，一切只缩减为想象。她甚至不能自杀，因为自杀是一种背叛，是拒绝等待，是失去耐心。她将被判处活刑，活着受罪，这样的惊悸恐慌会一直延续到她生命终了的那一天。

2

她上楼回到她房间，痛苦辗转地陷入睡眠，午夜时分，从一个长长的梦中醒来。梦里出现的人，都是她过去生命里的人：她的妈妈（很久以前就去世了），特别是她的前夫（她已经好几年没看到他，他的长相都不一样了，好像梦境里的导演在分派角色的时候选错了人）；和他一起的，还有他气焰凌人、精力旺盛的姐姐，以及他的新太太（她从来没有见过她；可是在梦里，她一点也不怀疑她的身份）；到后来，他哼哼唧唧地向香黛儿求欢，而他的新太太用力吻着她的嘴，还想把舌头伸进她的双唇里。两根舌头舔来舔去，她一向觉得恶心。事实上，惊醒她的就是这个吻。

这场梦不知道为什么让她这么倦怠无力，她努力思索，想找出其中的缘故。她想，最让她烦乱的，是梦境把“现在”这个时刻销蚀了。因为她热爱她目前的人生，无论如何，她都不愿以它来交换过去，也不愿交换未来。就是因为这样，她不喜欢梦：梦使人生各个不同的时期一律齐头平等，使各个时期处在同等的时间平面上，这是我们在现实里没有经历过的，让人难以接受；梦贬低了现在，否定了它的优先性。就像她这天夜里的梦：她人生一整个维度都化为乌有——让-马克、他们共有的公寓、他们一起生活的那几年；取而代之的，是“过去”横陈在那个位置上，很久以来就没有和她往来的那些人，还有，想要以性的罗网来诱捕她的那些人。她感觉到她嘴上有一个女人潮湿的唇（那女人长得不错，梦境的导演选角的标准很高），而这让她极其不舒服，大半夜的，她还到浴室去，洗澡、漱口，久久不出来。

3

F是让-马克的老朋友，他们中学时代就认识；他们两个人对事情的看法一致，在各方面都很投契，彼此一直都有联络，直到有一天，让-马克突然和他反目，从此再也不见他——这已经是好几年前的事了。后来，他知道F病得很重，住在布鲁塞尔的一家医院，他还是一点都不想去探望，可是香黛儿坚持要他去。

看老朋友是件沉重的事；在他的记忆里，他还是中学时代的模样，羸弱、一向穿着讲究、有一股优雅纤细的气质，在他面前，让-马克总觉得自己像犀牛。以前，F细致的轮廓，再加上带一点女人气，使他看起来比实际的年龄小，现在这些特点却使他显老：他的脸皱巴巴、小小的、缩成一球，有点怪异，就像死了四千年的埃及公主那张木乃伊的脸。让-马克看着他的手臂：一只手在打点滴，不能动，一根针插在他的静脉血管里，另一只手大幅度地摆动，增强他说话的语气。一直都是这样，每当他看他比手画脚，他就觉得F的手臂和他矮小的身躯比起来，真是细小，真是又细又小，像木偶的手臂似的。这天，这个印象更是强烈，因为这种稚气的手势和他沉重的谈话很不搭界：F向他叙述，他昏迷了好几天才被医生救活："你听过有人从死里复活的亲身经历吧。托尔斯泰在一篇小说里也说过这种事。经过一条隧道，然后尽头是一片亮光。死后的世界很美、很迷人。但是，我向你发誓，什么亮光也没有。而且，更糟糕的是，知觉、意识都还很清楚。你什么都知道，你什么都看得见，只有他们——那些不了解状况的医生们，在你面前胡说八道一通，甚至连你不应该知道的事也听得清清楚楚。说你没救了，说你的脑子报销了。"

他沉默一会儿。然后说："我不是说我的意识完全清醒。我能意识到所有的事情，可是一切都有点变形，好像在做梦。有时候，梦变成了梦魇。只是，当你活得好好的时候，梦魇很快结束，你一大叫，人就醒了，可是我，我叫不出声音。这就更恐怖了：连叫都叫不出来。梦魇的时候，根本叫不出声音。"

他又沉默了。然后说："我一向都不怕死。现在，怕了。我没办法摆脱死后还有知觉的这个念头。死亡，就是永无止境地陷在梦魇里。好了，好了，不说这个了。我们谈点别的。”

让-马克来医院以前，本来以为他们两人免不了要面对彼此破裂的关系，而且他不得不和F说几句言不由衷的话，弥合前嫌。可是他这些顾虑都是多余的：生死边缘的经历使其他的事情变得无关紧要。F虽然想转移话题，可是几句话一兜，又回到原处，他继续说着他痛苦不堪的身体。这番陈述让让-马克情绪低落，可是却没有牵动他的情感。

4

他真的这么冷血，这么铁石心肠吗？很多年以前，有一天他发现F背叛他；唉，背叛这个字眼太有浪漫色彩、说得太严重了；不管怎么说，那次背叛也没什么大不了：有一次聚会，让-马克缺席，所有的人都攻讦他，而这使他后来丢了工作。这次聚会，F参加了。他人在场，却一句话也没说，没有为让-马克辩驳。他细小的手臂喜欢在说话的时候比来比去，这次竟然连动也不动一下，不顾朋友。让-马克本来还担心自己误会他，特别小心地去求证F是否真的一声不吭。证实了以后，刚开始的几分钟他深深觉得受到伤害；然后，他决定再也不要见他；立刻，他觉得轻松不少，不知道为什么雀跃起来。

F一一陈述了他不幸的遭遇以后，沉默了半晌，他木乃伊公主似的小脸蛋亮了起来："你还记得我们在学校的时候说的话吗？"

"不太记得。"让-马克说。

“每次听你说女孩子的事，我都好像在听老师讲话。”

让-马克努力回想过去，可是他在记忆里找不到以往谈话留下的痕迹：“我是怎么说女孩子的？我那时候也不过是个十六岁的小毛头。”

“我还记得一个画面，我站在你面前，”F继续说：“聊女孩子的事。你记得吗，以前最让我觉得不舒服的是，女孩子那么漂亮的身体，竟然像个会分泌很多分泌物的机器；我告诉过你，一看到女孩子擤鼻涕，我就受不了。当时你停下脚步，直盯着我看，然后用一种很老练、很直率、很坚定的口气对我说：‘你受不了擤鼻涕？我啊，我连看她们眨眼睛都受不了，看眼皮在眼球上一睁一闭的动作，我就觉得反胃，差点真的呕出来。’你还记得这件事吗？”

“不记得了。”让-马克回答。

“你怎么会忘了呢？眨眼皮。那个念头好怪！”

可是让-马克说的是真的；他想不起来。不过，他根本也不想在记忆里搜寻这件事。他想到的是别的：友谊真正的、唯一的意义——就像是一面镜子，你能从镜子里端详自己从前的面貌，要是朋友之间不这么叽里呱啦地谈往事，很多回忆早就被抹去。

“眼皮的事。你真的都不记得？”

“不记得。”让-马克回答，然后，他在心里默默地说：你难道还不懂吗，我实在懒得理你让我看的这面镜子？

F缄默了，显得很疲惫，好像回忆眼皮这件事让他精疲力竭。

“你该睡了。”让-马克说完就起身告辞。

离开医院以后，他迫不及待地想和香黛儿在一起。要不是他真的累坏了，他一定会立刻上路。来布鲁塞尔以前，他本来的计划是，第二天早上在旅馆里吃一顿丰盛的早餐，再从容启程，不必匆匆忙忙的。可是，见了F以后，他把闹钟调到清晨五点。

5

经过了一夜的折腾，没睡好，很累，香黛儿走出旅馆大门。在往海边去的路上，她遇见了许多度周末的游客。一群一群的游客呈现的图像几乎都一样：男人推着婴儿车，女人走在他旁边；男人有张敦厚、体贴、笑笑的脸，看起来有点局促不安，而且随时准备弯下腰看看婴儿、帮他揩揩鼻涕、拍拍他哄他不哭；而女人的脸色木然、冷淡、高傲，有时候甚至看起来不好惹（原因难以理解）。香黛儿看着这样的图像产生多种变化：男人走在女人旁边推着婴儿车，背上一个特制的背袋里背着一个小婴孩；男人走在女人旁边推着婴儿车，肩膀上坐着一个小婴孩，肚子上的袋子还背着另一个；男人走在女人旁边，没有婴儿车，一只手牵着一个小孩，另外三个小孩分别背在背上、肩上、肚子上。或者是，女人推着婴儿车，没有男人；她不知道哪儿来的力气，像个男人一样使劲地推着婴儿车，香黛儿和她走在同一条人行道上，不得不急忙跳到一边闪开她。

香黛儿心里想：男人都“爸爸化”了。他们不是父亲，而是爸爸，这意思是说：他们是没有父亲权威的爸爸。她想象，和推着婴儿车、背上肚子上还背着另外两个小婴孩的爸爸调情，会是什么情况；要是她趁他太太在橱窗前停下脚步的时候，偷偷约那位先生，他会有什么反应？男人变成了孩子的大树以后，他还会回头留意陌生的女人吗？挂在他背上、肚子上的小婴孩不会大哭，抗议爸爸转头的动作把他们背得很不舒服吗？这些念头让她觉得好笑，使她的心情很愉快。她想：我活在一个男人永远不再回过头来看我的世界里。

接着，她来到了海堤，附近有几位清晨早起散步的人。这时候是退潮；她眼前的沙滩绵延一公里长。她已经很久没有到诺曼底的海边来了，她不知道现在大家流行玩这些活动：放风筝、风帆车。风筝：几根坚固的支架绷着一块彩色的布，让它随风飘荡；再以两根线，一只手握一根，操控风筝飞翔的方向，让它爬升、下降、旋转，发出大牛虻那样的巨响，有时候，风筝的鼻翼倒栽，像飞机失事一样栽在沙滩上。香黛儿很讶异，她发现放风筝的人不是小孩，也不是青少年，几乎都是成年人。而且都不是女人，是男人。其实，应该说都是爸爸！没有带着孩子的爸爸，这些爸爸成功地摆脱了他们的太太！他们不奔赴到情妇那里去，他们跑到沙滩来，来玩！

她又想到了一个不轨的念头：这个手里握着两根线的男人后仰着头，看着他的玩具在空中咻咻作响，她想从背后悄悄靠近，抱住他；用最淫秽的字词在他耳畔私语，邀约他云雨巫山。他的反应呢？她很笃定，他不会回头看她，只会一个劲儿地叫喊：走开啦别吵，我在忙！

天哪，男人永远不会再回过头来看她。

她回到旅馆。她看见让-马克的车子在停车场。旅馆前台的人告诉她，他半小时以前就到了。前台小姐拿一张字条给她："我提早到了。我找你去了。让-马。"

"他去找我。"香黛儿叹了一口气，"可是他去哪里找啊？"

"那位先生说您一定到海滩去了。"

6

去海滩的路上，让-马克从一个巴士站经过。巴士站里只有一个穿牛仔裤和T恤的年轻女孩；她扭动腰肢的动作虽然不是很热力奔放，但是可以看得出来，她好像跳舞一样。他走到很靠近她身边的时候，看见她张大嘴巴：嘴巴久久地开着、很贪得无厌的样子，她在打呵欠；这张大大洞开的嘴，因这个以机械性的动作摆动着的身体，微微调整了一下姿势。让-马克心里想：她在跳舞，而且她觉得无聊。他来到了海堤；在海堤下面，在沙滩上，他看见几个男的仰着脖子放风筝。他们都玩得很投入，让-马克想起了他以前的一个理论：无聊可以分为三种：被动的无聊——那个跳舞打呵欠的女孩；主动的无聊——那些喜欢放风筝的人；反叛的无聊——那些砸毁车子、打破车窗玻璃的年轻人。

在海滩更远的地方，有几个孩子，十二岁到十四岁之间的样子，他们都戴着彩色的大头盔，弓着身子，聚在几辆古怪的车子四周：车子前轮只有一个，后轮有两个，在前后轮之间，有几根金属杆架成十字交叉；中间的部分，车身呈长方形，低低地贴着地面，身体要钻进车身，躺在里面；车身上面，有一根桅杆架着风帆。这些孩子为什么要戴头盔？当然是因为这种运动有危险性。可是，让-马克心里想，有危险的应该是在海滩上散步的人，孩子操控的这种车子会危及他们的安全；为什么不请他们也戴头盔呢？因为不屑这一类文明活动的人，是逃兵，从群体反抗无聊的阵营里逃开去，所以也就不必在意他们，他们也不必戴头盔。

他步下阶梯，来到海滩，很专心地看着潮水退去的海潮线；远方有些闲荡的人影，他努力辨识香黛儿是不是在其中；终于，他看见了她；她刚刚停下来凝视海浪、帆船、云彩。

他从那些驾着风帆车的孩子旁边经过，有一位教练正在教孩子怎么坐进小车里，慢慢地兜着圈滑动。周围，有其他几辆风帆车飞速奔驰。风帆只以一根绳子操控，左右车子行驶的方向，接近散步的人的时候，可以转向避开。可是，一个笨拙的驾驶者真的能完全操控风帆的方向吗？而且，风帆车真的能始终如一地听从驾驶的指挥吗？

让-马克看着风帆车，而当他发现其中一辆突如其来地冲着香黛儿飞驰而去的时候，他的眉头不禁紧紧皱了起来。一位老先生像个航天员在火箭里似的躺在车里。他水平仰躺的姿势让他看不到前面的东西！而香黛儿她，她有没有小心一点避开风帆车？他暗暗地骂她，气她老是这么粗心大意，然后他加快了步伐。

她转身往后走。不过她当然没看到让-马克，因为她一直慢慢地踱着步子，以女人那种沉浸在自己冥想中的步伐，走着路，没有注意她周遭的人事物。他想对她大喊，要她别那么心不在焉，小心那些在海滩上乱窜的风帆车。突然，他想象他看见她被风帆车压到了，身体横陈在海滩上，流着血，风帆车远远地开走了，他看见自己朝她奔去。这幅景象让他很激动，他真的把香黛儿的名字喊了出来，然而风很强，海滩辽阔，他的叫声没有人听见，但是他依然沉浸在这一幕浪漫的悲剧里，眼睛含着泪水，为了她焦急大喊；他的脸孔因为害怕而缩皱变形，在这几秒钟的时间里，他活在她已经死亡的恐惧中。

接着，他自己都觉得奇怪，怎么会莫名其妙地歇斯底里起来，他远远看见她，她散步的样子，懒懒的、安详的、恬静、迷人，非常让人感动，他笑自己刚刚怎么会编出死亡的那一幕，他笑了，但他没有非难自己这个念头，因为从他爱上香黛儿的那时候开始，她的死就一直跟着他，如影随形；他向她挥挥手，这次真的朝着她跑过去。可是她又把脚步停下来，又一次看着海，看着远方的帆船，没注意到有个男人举起手臂，向她挥舞。

终于！她朝着这边走过来，似乎看到了他；他很高兴，又把手臂举起来。可是她没有把注意力放在他身上，她的目光看着海浪轻轻拍打沙滩，脚步也随之停下来。现在她侧着脸，他发现他以为是发髻的，原来是盘在头上的围巾。他越是靠近她（他的脚步突然慢了许多），才发现他以为是香黛儿的这个女人，突然变老、变丑，最后最可笑，竟然变成别人。

7

香黛儿从海堤上看海滩，很快就看烦了，她决定在房间里等他。可是她觉得很困！为了不破坏待会儿见面的愉快气氛，她想很快地去喝一杯咖啡。她转了个方向，走到一座用混凝土和玻璃盖成的大厅馆去，厅馆里面有一间餐厅、一间咖啡厅、游乐厅和几间商店。

她走进咖啡厅里；音乐开得很响，震耳欲聋。她很烦躁地从两排桌子中间走过。在这间空荡荡的大厅里，有两个男人特别盯着她看：一个是年轻的咖啡厅侍者，穿着黑色衣服、靠在柜台前面；另一个，年纪大点，个头结实，穿着T恤，站在咖啡厅的最里面。

她想坐下来，便对个头结实的那一位说："您能不能把音乐关掉？"

他走近前来，问她："抱歉，我没听清楚。"

香黛儿看着他肌肉发达的手臂，上面有刺青：一个大胸脯的裸体女人，身上还盘着一条蛇。

她又说了一次(语气缓和了些):“音乐，您能不能关小声一点?”

那个男人回答:“音乐?这音乐碍到你吗?”这时候，香黛儿看到另外那个年轻的走到柜台后面，把摇滚乐的音量开得更大。

刺青的那个男的靠她很近。他看她的笑容邪邪的。她投降了:“没有，我没有说您的音乐怎么样!”

刺青的说:“我就知道您会喜欢。您要点什么?”

“都不必，”香黛儿说，“我只是来看看。你们这里挺好的。”

“那么，为什么不留下来呢?”一个听起来让人很不舒服的柔细声音从她背后传来，那个穿着黑色衣服的年轻人现在又换了个位置:他站在两排桌子中间，堵住了通往出口的唯一过道。他谄媚的声调反而让她惊慌起来。她觉得自己好像掉进了陷阱，不一会儿就要被囚。她要快快采取行动。要离开这里，一定要经过那个年轻人堵住的过道。她好像决定要直接迈向灭亡似的，往前直走。看着她前面那个年轻人不正经的浅笑，她的心怦怦跳。到了最后一刻，他靠边站开一步，放她过去。

8

把另外一个人看成是自己的情人。这种事发生在他身上好多次了！每次他都会吓一跳：她和其他人之间真的没有太大的差异吗？她是自己最爱的人，是被他看做是无与伦比的人，他怎么会认不出她的样子呢？

他打开旅馆房间的门。终于，他见到她了。这次，错不了，就是她，可是她却不像她。她的脸老了，她的眼神怪怪的，有点凶。就好像刚刚在海滩上他挥错手的那个女人，从那以后就永远取代了他最爱的女人。就好像他没有能力认出她，理应被惩罚。

"怎么啦？发生了什么事？"

"没有啊。"她回答。

"怎么没有？你的样子都变了。"

"我没睡好。我整个晚上几乎都没睡。早上又乱七八糟的。"

"早上乱七八糟的？为什么？"

“没什么，真的没什么。”

“告诉我。”

“真的没什么。”

他坚持。她终于说了:“男人都不再回头看我。”

他看着她，没办法理解她在说什么，她想说什么。她难过，因为男人不再回头看她？他想对她说：那我呢？那我呢？我在海滩上找你走了好几公里，我哭着喊你的名字，而且我能跟在你的后面跑遍整个地球。

他没把这些说出来。他反而声音低低地，慢慢重复她刚刚所说的:“男人都不再回头看你。你真的是为这个难过？”

她脸红了。他已经很久没看到她这样脸红，她竟然脸红了。这股红赧似乎泄露了她羞于启齿的种种欲望。这些欲望是如此强烈，香黛儿抗拒不了，只好重复地说:“嗯，男人，他们都不再回头看我。”

9

当让-马克出现在房间门槛上的时候，她本来很想表现得很高兴；她想拥抱他，可是她没办法；从她去过咖啡厅以后，她就全身绷紧，把自己缩起来，缩进恶劣的情绪里，她怕她本来要表示爱意的姿势反而显得勉强，好像是装出来的一样。

然后让-马克问她："发生了什么事？"她跟他说没睡好，很疲倦，可是她没办法让他信服，他还继续追问；不知道该怎么避开他这个出于爱的盘问，于是，她想到了用一些好玩的事来回答他；清晨散步时，男人都变成孩子树的想法回到她脑海里，她又想起那个她差不多忘了的句子："男人都不再回头看我。"她以这个句子来躲避严肃的讨论；她努力以最平淡的口气把这个句子说出来，可是她很讶异，她的声调却带着一股酸气，有点闷闷不乐。她觉得，她的闷闷不乐都写在脸上，她立刻就明白了他会误解她的意思。

她看他一直看着她，久久地凝视，一副很沉重的样子，她感受到这眼神在她身体的深处燃起了火。这股火很快蔓延到她的肚子，升到她的胸部，炙红了她的脸颊，她听见了让-马克重复她说的话:“男人都不再回头看你。你真的是为这个难过？”

她觉得自己像火把一样烧灼起来，皮肤上沁出了汗水；她也知道，她脸一红反而使她的句子显得重要无比；他大概以为，这几句话(唉，根本没什么意思)让她露出马脚，她让他看到自己的秘密心思，而现在，她因为羞愧而脸红；这是个误会，可是她不能向他解释什么，因为这一阵突如其来的红赧，她感到它的存在已经有一阵子了；只是她一直不想用一个明确的词汇来说明它，但这一次，它的涵义她完全明了了，可是基于同样的理由，她不想说，也无法把它说出来。

这股灼热的感觉持续了好久，而且最残忍的是，在让-马克面前全然流露出来；她已经不知道该怎么掩饰、该怎么躲藏，以转移他探询的眼光。因为她太惊慌，只好说着同样的句子，希望修正她第一次有点弄拧了的语气，故作轻松地再把这个句子说了一次，就好像在讲笑话，讲一件好玩的事："嗯，男人，他们都不再回头看我。"白费力气，这个句子听起来比之前的还让他觉得闷闷不乐。

让-马克的眼中骤然闪起一道光，她懂这个意思，它就像是一盏拯救的明灯："那我呢？我一直追在你后面跑，你到哪儿我就跟到哪儿，你怎么能想着那些不再回头看你的人？"

她觉得松了一口气，因为让-马克的声音里充满了爱意，抚慰了她，使她放松下来，刚才她慌乱的时候，完全忘了这个声音的存在；可是她还没有准备好听到这个声音，这声音就好像来自远方，很远很远的地方；她需要多听一会儿，才能相信这是真的。

这也就是为什么，他要拥抱她的时候，她很僵硬；她不敢紧紧靠在他身上；她怕她汗湿的身体泄露了秘密。这个拥抱来得太突然，她一下子没办法控制自己；所以，她还来不及调整姿势，就先很害羞但是很坚决地，一把推开了他。

10

白白糟蹋了这一次见面，连拥抱都没办法，这件事真的发生过吗？香黛儿还会记得这无法互相理解的一刻吗？她还会记得让让-马克心烦的那个句子吗？不太可能。它会像其他千百个小插曲一样，都被抛到脑后。大约过了两个小时，他们就一起在旅馆餐厅里用餐，轻松愉快地谈到了死亡。谈死亡？香黛儿的老板要她想一想，要怎么为吕西安·迪瓦尔的殡仪馆发动一场宣传战。

“你别笑。”她笑着说。

“他们呢，他们会不会笑？”

“谁？”

“你的同事啊。这件事情本来就很好笑，还要为死亡做广告！你的老板，那位托洛斯基[1]派的老兄！你还一直说他很聪明！”

---

① Leon Trotsky（1879—1940），苏联共产主义理论家、革命家、作家。

“他是很聪明。他的逻辑推理像手术刀一样精确。他懂马克思理论、精神分析学和现代诗。他很喜欢说二十年代的文学，在德国，或是我忘了在其他的什么地方，有一派主张把日常生活写进诗里。根据他的说法，广告，就是在后天经验上实践诗的这一套主张——把生活中简单的事物转化为诗。而借着这种转化，平凡的日常生活就会发出美妙的歌声！”

“你把这种庸俗的想法叫做聪明！”

“他说这些话的时候，是用有点愤世嫉俗、有点挑衅的口吻说的。”

“他跟你说帮死亡做个广告的时候，他是笑，还是没笑？”

“他带着一种疏离的微笑，显得很优雅，而你越觉得自己强，你越会觉得不得不表现得优雅。可是他那种疏离的笑和你的笑完全不同。而且他对这种细腻的差异很敏感。”

“那么，他怎么受得了你的笑呢？”

“可是，让-马克，你相信吗，我没有笑。别忘了，我有两面性格。像我这样子虽然常常会得到某些乐趣，可是，有两面性格，并不轻松。这还颇费劲儿的，而且需要克制！你应该知道我一向如此，心甘情愿也好，不甘不愿也好，我都有把它做好的雄心。哪怕只是为了保住工作。而且很难一面想把工作做到尽善尽美，另一面却瞧不起自己所做的。”

“喔，你可以的，你有这个能力，你很聪明。”让-马克说。

“对，没错，我是有两面性格，可是我不会同时拥有这两面。跟你在一起的时候，我是用嘲讽的那一面来看待我的工作。而在办公室的时候，我就用正经的那一面。我常常收到求职的人寄来的材料，他们都想来我们公司找工作。要推荐他们，还是要回绝他们，都由我决定。在这些求职信里，有些人很会用非常流行的语言表达，用很多套话、很多行话，而且这些人必然都用很乐观的口吻表达。我不需要看到他们，也不需要跟他们说话，就知道我讨厌这种人。可是我知道，他们这种人会有热情做好这个工作。当然，也有一些在其他时候本来会研究哲学、艺术史或是教法文的人，因为目前找不到更好的工作，所以难免有点沮丧地找工作找到我们公司来。我多少也知道，他们不太瞧得起他们想找的这份工作，然而他们才是和我意气相投的人。但我不得不做个断然的决定。”

“你断然的决定是什么？”

“每当我推荐一个我对他有好感的人，我也会同时推荐一个能把工作做好的人。好像我一半是公司的叛徒，一半是我自己的叛徒。我是个双面的叛徒。可是我不会把这种双面的背叛看做挫败，反而把它看做一种战绩。因为我还能维持我的两面性格多久呢？这很累人。总有一天，我只会剩下其中的一面。当然，剩下的是糟的那一面。严肃的那一面。随俗的那一面。到时候你还会爱我吗？”

“你永远不会失去这两面性格的。”让-马克说。

她笑了，举起酒杯：“希望是这样！”

他们碰杯，喝了一口酒，让-马克又开腔了：“其实，我有点羡慕你要为死亡做广告。我也不知道为什么，从小就很迷讲死亡的诗。我背了好多首。现在都还会背，你要听吗？也许你可以拿去用。例如波德莱尔的这几句，你大概也知道：

喔死神，老船长，时间到了！起锚了！

这个国度我们厌烦，喔死神！出航吧！”

“我知道，我知道这首。”香黛儿打断他，说，“这首诗很美，但不是我们要的。”

“咦？你们那位托洛斯基派的老兄不是喜欢诗吗！对一个垂死的人，还有什么比‘这个国度我们厌烦’这句诗更好的安慰？我已经可以看到一幅画面：墓园的大门上，用霓虹灯勾画出来这个句子。你的广告只要稍微改几个字就可以了：这个国度令您厌烦。老船长吕西安·迪瓦尔，让您放心启航。”

“可是我的责任不是讨好临终的人。他们不会找吕西安·迪瓦尔寻求什么服务。为死人办丧事的是活人，他们还想享受人生，而不想颂扬死亡。别忘了：我们的信仰，是对生命的礼赞。‘生命’这个词是所有词语之王。这个‘万词之王’旁边围绕着很多伟大的词。像‘冒险’！像‘未来’！还有‘希望’！喔，我想起来了，你知道投到日本广岛的那颗原子弹，它的代号是哪个词吗？Little Boy！选用这个代号的人真是天才！再也找不到更好的字眼来命名。Little Boy，小男孩、小家伙、小毛头，没有什么字眼比这个更温情、更触动人心、更充满未来的了。”

“嗯，我懂了。”让-马克说：“很佩服。笼罩在广岛上空的是生命本身，它化身为一个小男孩，在废墟上，撒了一泡金黄色的希望之尿。战后的年代就这样开启。”他举起酒杯：“敬你！”

11

她安葬她儿子的时候，他只有五岁。后来，在某一次的假期里，她的大姑对她说:“你太伤心了。再怀一个孩子对你比较好。只有这样你才会忘记过去。”她大姑的这番话，让她的心揪成一团。孩子：没有个人历史的生命体。很快就被接续而生的孩子抹除，连影子都不留下。可是她不愿意忘记她的孩子。她护卫他不可取代的个别性。她护卫过去，护卫一个可怜的小小死者被疏忽、被轻看了的过去，以抵挡未来。过了一个礼拜以后，她的丈夫也对她说:“我不希望你一直消沉下去。我们最好赶快再生一个孩子。然后，你就会忘记了。”你就会忘记了：他甚至没有想到要用另外一种方式表达！从这个时候起，她心里就萌生了离开他的念头。

显然，对她来说，她的丈夫（他是个比较被动的人）不是从他自己的角度来看这件事，而是以他姐姐的观点来谈，他姐姐代表的是一个大家族更广大的利益。目前，他姐姐和她的第三任丈夫，以及她和前夫生的两个孩子住在一起；而且，她和她前面两任丈夫都处得很好，把他们和她的家人——她的兄弟、她的表姐妹——都聚在她身边。放长假的时候，这个盛大的聚会在乡下一栋宽敞的大宅院里举行；她试着不着痕迹地、一步步让香黛儿融入这一家老小里，想使她成为他们的一份子。

也就是这时候，在这栋宽敞的乡下大宅院里，她大姑和她先生先后劝她再生一个孩子。也就是这时候，在那间小小的卧室里，她拒绝和他做爱。他每一次求欢，都会让她想起他们家要她再怀孕，一想到要和他做爱，她就觉得很滑稽。她总觉得这一家大大小小，老祖母、爸爸、外甥、外甥女、表姐妹都在门后偷听，悄悄探查他们的床单，偷觑他们早上疲惫的神色。所有人都觉得自己有权利盯着她的肚子看。连她的小外甥都像被征调来在这场战争里当雇佣兵。其中有个外甥问她："香黛儿，你为什么不喜欢小孩？""你为什么觉得我不喜欢小孩？"她立刻冷冷地顶回去。他不知道该怎么接口。她很生气，继续问他："是谁告诉你我不喜欢小孩的？"这个小外甥，在她严峻目光的注视下，又畏怯、又十分肯定地说:“要是你喜欢小孩的话，你就会再生一个。”

放完假回家以后，她决心要这么做：先重新找回工作。她儿子出生以前，她本来是中学老师。这份工作的薪水很低，而且现在她不想再回去教书（她很喜欢教书），宁愿找一份她没有兴趣的工作，可是薪水足足有三倍之多。为了钱，背叛她自己的兴趣，她觉得很内疚，可是还能怎么办呢，这是唯一能让她独立的办法。可是，要独立，有了钱还不够。她还需要一个男人，一个活生生代表另外一种生活的男人，因为她想要摆脱她以前的生活想疯了，却想象不出来另外一种生活要怎么过。

她等了几年，才认识让-马克。十五天后，她跟她先生说要离婚，他很惊讶。这时候，她的大姑叫她母老虎，赞赏的口气里带有一丝敌意，她说:“你不动声色的时候，没有人知道你在想什么，然后，你会突然伸出爪子突袭。”三个月以后，她买了一间公寓，抛开了结婚的念头，和心上人住在一起。

12

让-马克做了一个梦：他很担心香黛儿，他到处找她，他在街上跑来跑去，终于，他看见她，她的背影，她往前走，越走越远。他追着她跑，喊她的名字。只差几步而已，她转过头来，这下让-马克呆住了，在他面前的是另一张脸，一张陌生的、让人不舒服的脸。然而，这不是别人，是香黛儿，是他的香黛儿，他很确定，可是他的香黛儿却有一张陌生人的脸，这真让人难受，让人非常难受。他抱住她，紧紧地把她抱在怀里，以哽咽的声音不断地唤着："香黛儿，我的小香黛儿，我的小香黛儿！"好像他想借着一再复述这些话，把她那张丢失了的脸、丢失了的身份，注入这张变形的脸里面去。

这场梦惊醒了他。香黛儿已经不在床上，他听见浴室里传来梳洗的声音。梦里的情绪还罩在他心头，他迫切地想看到她。他起身，走到虚掩着门的浴室门边去。他停下脚步，像个贪婪的偷窥狂一样，偷看私密的一幕，他看到她了：没错，是她，是他熟悉的香黛儿：她弯腰在洗脸盆上刷牙，吐了一口含着牙膏泡沫的口水，她那专注的刷牙神情很滑稽、很孩子气，让-马克不禁微笑。她好像感觉到他的目光，就地转过身子，看见他在门边，她有点恼，最后还是随便他吻她满是白沫的嘴。

“今天晚上，你能到办公室接我吗？”她问他。

晚上六点钟左右，他进入大厅，穿过走廊，走到了她办公室门前停下来。办公室的门也像今天早上浴室的门一样虚掩着。他看见了香黛儿和另外两个女的，她的两位女同事。可是她的样子和早上不一样；她讲话很大声，他不习惯她现在这种声调，她的动作也比较快、比较粗暴、比较有权威。早上，他在浴室里找回他在夜里失去的那个人，而那个人，在傍晚，却又在他眼前变了形。

他踏进办公室。她对他微笑。可是这个微笑僵僵的，香黛儿像被定住了。二十几年以来，亲亲两边的脸颊，在法国几乎成为无法省略的俗套，而正因为是俗套，所以对相爱的人来说就有点难堪。当着别人面的时候，该怎么免去这个俗套，才不会被别人认为这对情侣在吵架？香黛儿有点拘谨地靠过来，和他亲亲两边的脸颊。这动作很不自然，他们两个人都有一种虚伪的感觉。他们一起离开了办公室，过了好一会儿，他才觉得香黛儿变回他熟悉的样子。

一直都是这样：从他第一眼看见她，一直到他认出她就是他所爱的那个人，他都还要走一大圈的路。他们最初在山上认识的时候，他几乎立刻就有机会和她单独相处。如果在他们单独相处之前，他先要花很长一段时间在一群人当中和她接触，他分辨得出来她就是他所爱的人吗？如果他只认识她展现在同事、老板、属下面前时的面孔，这张面孔还会让他感动、让他赞叹吗？对于这些问题，他没有答案。

13

也许就是因为他对这些古怪的片刻过度敏感，“男人都不再回头看我”这句话才会深深刻在他脑海：香黛儿说这个句子的时候，变得和平常不一样，让人认不得。这样的句子一点都不像她。她凶起来的时候、她变老的时候，她的脸也一点都不像她。刚开始，他的反应是嫉妒：她怎么能哀叹别人不注意她，她可知道就在同一天早晨，他为了尽快赶到她这里，不顾自己的生命安全？可是，之后不到一个小时的时间，他又这么对自己说：女人都会以男人的肢体语言传达出喜欢或不喜欢她，来衡量自己变老的程度。要是他这样就被惹毛了，不是很可笑吗？不过，要他像没事儿似的，他也觉得不对。因为他们最初认识的时候，他就注意到了她脸上微微衰老的痕迹（她比他大四岁）。在那时候，她的美貌让他惊艳，可是她的美貌并没有让她显得更年轻；应该说，她的年纪使她的美貌更具有说服力。

香黛儿的句子在他的脑海里回响，他也想象着她身体的故事：她的身体淹没在千百个身体之间，直到有一天，一双含着欲望的目光垂视它，把它从众多模模糊糊的身影中拉拔出来；接着，目光大量增殖，点燃了这个身体，从此，这个身体以火炬之姿遍行世界；这是散发出荣耀之光的时刻，可是，不久之后，目光越来越稀少，火光逐渐黯淡，直到有一天这个身体呈半透明状，又渐呈透明状，然后隐然不可见，一如小小的乌有空无在街头四处游走。从最原初的不可见，到第二次不可见的这一趟过程里，“男人都不再回头看我”这个句子是红色的警示灯，是身体的火光渐次熄灭的讯号。

就算他告诉她，他爱她，他觉得她很美，也是枉然，他爱恋的目光安慰不了她。因为带着爱意的目光，是一种孤立的目光。让－马克心里想着相爱的孤独，两个相爱的人在别人的眼中是隐形的：这是种预示了死亡的忧伤的孤独。唉，可是现在她所需要的，不是一双爱恋的目光，而是陌生的、露骨的、带着淫欲的众多目光漫泛而来，而且这些目光注视她的时候，不带同情心，不带鉴别性，没有温柔，没有礼貌，无可抵挡，无可避免。这种目光把她维系在人类社会里。爱恋的目光则把她从世界抽离。

他想起他们刚认识的时候，很快就被爱冲昏了头，这不禁让他懊悔起来。他不必想办法赢得她的芳心：在初见面的那一刻，她就已经许了芳心。回头看她？何必呢。她已经在他身边，在他面前，在他左右，从一开始就如此。一开始，他是强者，而她是弱者。他们的爱从根本上就包含着这种不平等。一种无法辩解的不平等，一种不公平的不平等。因为她年纪比较大，她成了弱者。

14

她十六七岁的时候，很喜欢一个意象；是她自己创造的意象，还是她从别处听来、读来的？这不重要。她想变成玫瑰花的香味，一种外放的、具有征服力量的香味，她想遍及所有的男人，而且透过男人，拥抱整片土地。玫瑰花向外展露的香味：是一种冒险的意象。这个意象是她在跨进成人阶段的门槛时绽放出来的，就好像生活可以过得甜腻糜烂的一种浪漫保证，就好像是一趟邀请你横越男人的旅程。可是，本性上，她不是那种天生就会不断换情人的人，所以她一走入婚姻，走入平静、安稳、快乐的婚姻时，这个迷迷蒙蒙、抒情的梦很快就沉沉睡去。

过了很久以后 —— 那时候她已经离开丈夫，和让-马克一起住了好多年 —— 有一天，她和让-马克在某一处海边：他们在室外吃饭，就在海水上面一个木板搭的露台上吃饭；那次在她的记忆里，一直对白色有强烈的印象；木板、桌子、椅子、桌布，都是白色的，路灯灯柱也漆上白色，灯泡也挨着夏季的天空散发白色的光芒，天色还没有全暗，月亮也是白的，它四周也被映得发白。沐浴在这一片白色当中，她感觉到自己深深怀念着让-马克。

怀念？她怎么会怀念起他呢，他不就坐在面前吗？他就在她身边，她怎么还会好像他不在场一样，受怀念之苦呢？（让-马克知道该怎么回答这个问题：我们还是会当着爱人的面，有怀念之情，要是我们略略知道我们所爱的人以后可能不在；或者是我们所爱的人之死，已经隐隐然潜伏。）

那次在海边，在那个深深怀念让-马克的奇怪时刻，她突然想起她死去的孩子，而这时她心中却充满一股幸福之感。她马上就被这种感觉吓到了。可是，感觉，每个人都拿它没办法，它们就是存在，不受任何挟制。我们可以怪自己做了某件事，说了某句话，却不能怪自己有某种感觉，这理由很简单，因为我们完全无法控制感觉。想念她死去的儿子让她感到幸福，她只能问自己，这代表了什么。答案很清楚；这表示她出现在让-马克身边是必然会发生的，也幸亏她儿子不在了，这样的必然性才真确。她很高兴她儿子死了。她坐在让-马克的面前，很想大声对他说这件事，可是她不敢。她不太知道他会做何反应，她怕被他当怪物看。

她细细品尝着全然没有冒险的人生。冒险：一种拥抱世界的方法。她再也不想拥抱世界。她再也不想要这个世界。

她细细品尝着这种没有冒险、而且连冒险的欲望都没有的幸福生活。她还记得她的意象，而且看见了一朵玫瑰花凋萎，很迅速，就好像用高倍速放映的影片，很快就凋谢得只剩下瘦瘦的茎，黑幽幽的，从此消逝在他们那个夜晚的白色宇宙中：在那一片白色当中，玫瑰融化。

同一天晚上，在睡觉之前（让-马克已经睡着了），她又想起了她死去的孩子，这想念还是伴随着幸福之感，她觉得很惭愧。这时候她对自己说，她对让-马克的爱是一种异端，违反了她所抛离的那个人类社会的不成文法；她告诉自己，她应该把她这份超量的爱藏匿起来，以免激起别人带着恶意的怒气。

15

每天早晨，她总是第一个离开公寓，而且都是她去开信箱，把寄给让-马克的信留下，拿走寄给她的。这天早上，她发现有两封信：一封是让-马克的（她偷偷看了一下：是布鲁塞尔的邮戳），另一封写明要给她，可是没有写地址，也没有贴邮票。是有人亲自送来这封信。因为时间有点赶了，她没拆封，直接把信放进皮包里，匆匆赶去搭公交车。她在公交车里一坐定，就打开信封；信上只写着一行字："我像个间谍一样跟踪你，你很漂亮，非常漂亮。"

她第一个感觉是很不舒服。有人没有得到她的允许，就想介入她的生活，想吸引她的注意力（她的注意力很有限，而且她没有足够的精力提高自己的注意力），简单说，那个人要纠缠她。接着她对自己说，毕竟，这只是个小闹剧。哪个女人没收过类似的字条？她又把信看了一遍，她突然想到，坐在她旁边的那位太太也看得到信上写的。她把信收回皮包里，看看她四周。她看见坐在车上的这些人，大家都心不在焉地看着车窗外的街道，两个年轻女孩笑得很张狂，靠近下车车门的地方，有位高大、英挺的年轻黑人盯着她看，有一个女人埋首在一本书中，想必她还要坐一大段路。

通常，在公交车上，她不会注意别人。因为这封信，她觉得有人在看她，所以她也要看看别人。会常常有人盯着她看吗，就像今天这个黑人这样？好像他知道她刚刚看的信的内容，他对她微微一笑。难道是他，他是写这张字条的人？她立刻驱走这个荒谬的念头，站起来，准备在下一站下车。下车必须从那个黑人旁边经过，他堵住了出口的通道，让她觉得很不便。当她已经离他很近的时候，公交车忽然刹车，她努力让自己的身体保持平衡，而一直看着她的那个黑人却放声大笑。她下了车，心里想："他不是调情，他是在讥笑。"

这个讥笑的笑声，她一整天都听见，就像是个不好的兆头。她在办公室里又把信拿出来看了两三回，回家以后，她还在想，接下来要怎么处理。留着它？干吗呢？拿给让-马克看？她会觉得不好意思；好像她要炫耀似的！那么，把它灭迹？当然。她到厕所去，弯腰站在抽水马桶前面，看着马桶里的水；她把信封撕成碎片，丢进去，冲水，可是她又把信纸折好，带到房间里。她打开放内衣的衣柜，把信放在胸罩下面。这么做，她又听见了那个黑人讥笑的笑声，她对自己说，她和所有女人都一样；她的胸罩，突然，让她觉得那么庸俗，那么荒唐地女性化。

16

一个小时后，让-马克回到家，就把讣闻拿给香黛儿看:“今天早上我在信箱里看到这个。F死了。”

香黛儿有点高兴有另外这封信，一封比较沉重的信，压过了她那封无聊的信。她挽着让-马克的手臂，把他带到客厅，和他面对面坐着。

香黛儿说:“你还是会觉得难过。”

“没有,” 让-马克说:“或者应该说，我难过的是我怎么不觉得难过。”

“到现在你还是没办法原谅他?”

“我早就都原谅他了。事情和这个没有关系。我跟你说过，以前，当我决定不再见他了以后，很奇怪，我反而觉得心情愉快。那时候我冷酷得像冰块，我自己却觉得满心欢喜。然而，他的死并没有改变我这种感觉。”

"你吓到我了。真的，你吓到我了。"

让-马克站起来，去拿一瓶白兰地和两个杯子。然后，灌下一大口酒，说:"我去医院看他的时候，最后他开始叙述他的回忆。他跟我提起了我十六岁时说过的话。在那个时候，我了解到，在现今社会我们与人建立友谊唯一有意义的是在哪一点上。友谊，是让我们的记忆运作良好不可少的一个要素。回忆过去，把过去的记忆一直带在身上，这也许是保持所谓的自我完整的统一感的必要条件。为了让自我不会变得越来越狭隘，为了维持它的容量，就必须把记忆当做一盆花一样，要记得常常浇水，而浇水，就需要和见证过我们过去的人——也就是和朋友——常常接触。他们是我们的镜子；我们的记忆；我们对朋友无所求，只要他们能不时擦擦这面镜子，好让我们照照自己。可是我一点也不在乎我在中学时所做的事！我从少年时代开始，甚至可以说我从儿童时代开始，我所渴望的友谊，一直都是另外一种：友谊的价值高过于其他一切。我过去常说：在真理与友谊两者之间，我永远站在友谊这一边。我这么说好像故意要找碴，可是我真的是很严肃地看待这件事情。我知道目前这种道德标准已经太陈腐了。这种友谊可能对帕特洛克罗斯的朋友阿喀琉斯[1]、对大仲马的火枪手，甚至对一向是他主人真正的朋友的桑丘·潘沙[2]来说，才有价值，虽然他们的意见不一定相合。可是对我们来说，这种友谊已经不存在了。我对此十分悲观，我自己现在也会为真理而牺牲友谊。”

又品尝了一口酒之后，他说：“以前，友谊对我来说，是一种可以证明有比意识形态、比宗教、比国家民族更强的东西的证据。在大仲马的小说里，主角的那四位朋友分属于敌对阵营，常常被迫互相争斗。可是这无损于他们的友谊。他们仍然运用策略在暗中彼此帮忙，讥笑他们各自的阵营所坚持的真理。他们把友谊高举在真理之上、在理念之上、在上级的命令之上、在国王之上、在王后之上、在一切之上。”

香黛儿轻轻摩挲着他的手，他停了一下，又说：“大仲马写三个火枪手，故事的历史背景比他自己的年代还要早两个世纪。是不是在他那个时代，就已经在感伤友谊的美好已然丧失？或者，友谊丧失的问题是近来才有的现象？”

“我没办法回答。友谊，不是女人会问的问题。”

“你能不能再解释清楚一点？”

“我的意思是说，友谊，是男人才会面临的问题。男人的浪漫精神表现在这里。我们女人不是。”

让-马克灌了一口白兰地，又继续表达他的想法：“友谊是怎么产生的？当然是为了对抗敌人而彼此结盟，要是没有这样的结盟，男人在面对敌人的时候，将会孤立无援。也许现在已经没有结盟这种迫切需要了。”

“敌人永远都存在。”

“对，可是现在的敌人都是看不见的、没名没姓的。行政机构、法律等等。要是政府决定要在你的窗前盖一座机场，或是老板要解雇你，朋友能为你做什么？要是有什么可以帮得上你的忙，一定还是个没名没姓的、不可见的组织，像是社会救助组织、消

① Patroclus和Achilles都是荷马史诗中的人物。

② Sancho Panza，《堂吉诃德》中主人公的随从。

费者协会、律师事务所。再也没有什么考验可以检验友谊经不经得起试炼。从战场上抢救一位受伤的朋友、拔刀帮助你的朋友抵抗盗匪，这种事已经不可能发生在现在这个社会了。我们终其一生都不会遭遇什么重大危险，可是也不会有友谊了。”

“如果真的是这样，你应该和F言归于好。”

“我也承认，要是我当时去责怪他，他可能不懂我到底在生什么气。当其他人都在批评我的时候，他一言不发。不过我必须公正地说：他认为他沉默代表他很勇敢。有人跟我说，他后来甚至还觉得很自豪，因为他挺住了现场那种一面倒的、对我非常恼怒的气氛，而没有被影响，没有说一句对我不利的话。所以他自己问心无愧，而我突然不愿意再见他，连一句解释都没有，他大概觉得很受伤。我也有错，错在我希望他不只是保持中立。要是当时他大胆地在那个充满愤怒、攻讦的场合，站出来为我说话，恐怕他自己也免不了要被他们排斥、被他们指责，惹得一身腥。我怎么能这样要求他？何况他还是我的朋友呢！在这方面是我自己对他不友善！换另外一种方式说，就是：我很不礼貌。因为从前那种内涵的友谊已经荡然无存，现在，友谊转化为一种互相尊重的契约关系，简单地说，就是彼此以礼相待的契约关系。那么，要求朋友去做一件会让他为难、或是让他不舒服的事，就是不礼貌。”

“没错，就是这样。不过，你说这些话的时候，必须不带酸气才行。不能有讽刺的意味。”

“我说这些话没有讽刺的意味。事情真的是这样。”

“要是你遭到别人厌弃，遭到别人指控，被人家丢去喂秃鹰，你会发现那些认识你的人会呈现两种反应：有些人是和猎捕你的人联手，另外一些人则偷偷装作他们什么都不知道、什么都没听说，所以你还会和他们见面、和他们谈话。第二种类型的人，很谨慎、很机灵，他们是你的朋友。就是现代所谓的‘朋友’。听着，让-马克，这种事我早就看透了。”

17

在电视屏幕上，出现了一个平躺的屁股，很美、很性感，用特写镜头拍摄。一只手很温柔地抚摸着这个屁股，去感受这个赤裸、温驯、舒弛的身体的肌肤。然后，镜头拉远，看到整个身体躺在一张小床上：有个小婴儿，他妈妈弯腰看着他。接下来的影像是，她抱起婴儿，微微张开嘴巴亲吻婴儿柔嫩、潮湿、张得大大的嘴。这个时候，镜头又拉近，只摄取原来那个亲吻的影像，镜头特写，那个吻突然变成带着肉欲的爱之吻。

这时候，勒鲁瓦停止了影片的放映："我们一直都追求大多数。就好像在美国大选期间参选的总统候选人那样。我们会用影像为产品创造出一种具有诱惑的氛围，以吸引大部分买主。在寻找影像表现力的时候，我们往往高估了'性'的重要性。我想要提醒大家。只有一小部分人真的满意他们的性生活。"

勒鲁瓦停顿了一下，饶有兴味地看着和他共事的人在这小小的会议上流露出讶异的神色，这个讨论会每个礼拜召开一次，讨论活动宣传、电视广告和海报招贴。他们这些当属下的早就知道，奉承老板最好的方式不是立刻同意他所说的，而是对他的看法表示诧异。这也就是为什么这时候有一位模样雍容华贵的太太（她苍老的手指上戴着许多枚戒指）敢反驳他，说："可是民意调查的结果和您说的完全相反！"

"一定是这样子，"勒鲁瓦说："我亲爱的女士，要是有人要问起您的性生活，您会跟他说实话吗？就算问您问题的人根本不知道您的名字，或者他只是透过电话访问您，根本看不到您的人，您还是会骗他。'您喜欢做爱吗？''那还用问！''平常做爱的次数是多少？''一天六次！''您喜欢玩一些奇怪的花招吗？''爱死了！'可是这些都是骗人的。性，用商业的眼光来看，是一把双刃剑，因为大家都对性很饥渴，大家也都把它当做是不快乐、挫败、渴望、情结、痛苦的起因。"

他又让大家看同一段影片；香黛儿看着湿润的嘴唇碰触另一

片湿润嘴唇的特写镜头，她突然意识到（这是她第一次这么清楚地意识到），让-马克和她从来没有像这样子亲吻。她自己都觉得吃惊：真的吗？他们从来没有这样子亲吻过？

不对，他们有。那是当他们彼此还不知道对方名字的时候。在山上旅馆的大厅里，他们置身在一群喝酒、谈天的人之间，聊着一些很普通的事，可是他们从彼此的声调里听得出来他们都很渴望对方，他们退到一条僻静的走道上，一句话不说，两人就接起吻来。她张开嘴巴，把她的舌头伸进让-马克的嘴里，准备去舔她在那里面所有碰触得到的部位。他们在舌头上所表现的激情，并不是出于肉欲的需要，而是急着想让对方知道，他们已经准备好要相爱，立刻，他们就全然地、狂野地，不浪费一点时间地爱起来。他们的口水和肉欲、欢愉一点关系都没有，它代表的只是一种讯息。他们没有勇气大声地直接告诉对方："我想和你做爱，现在就要，等不及了"，所以他们让口水来表达。这也就是为什么当他们做爱的时候（紧接在他们第一个吻之后的几个小时），他们的嘴很可能（她已经想不起来了，可是过了一段时间之后，她几乎可以确定）就不再对对方的嘴感兴趣，彼此不再碰触，不再互相舔来舔去，甚至没有意识到它们彼此已经很不堪的冷漠以待。

勒鲁瓦又停止放映影片："关键在于要能够维持性的吸引力，但不会加深观众压抑、欲求不满的感受。就这个观点来看，我们才会对这个影片感兴趣：肉欲的想象被挑逗起来，可是立刻又被转化为母爱的表现。因为亲密的肉体接触，没有隐藏什么个人的秘密、口水的交融，这不是成人的情色所独有的，这也存在于婴儿与母亲之间，母子之间的这种关系，是所有肉体欢愉最原初的天堂图象。对了，我们还拍了待产妈妈肚子里的胎儿成长过程。胎儿摆的姿势像特技一样，那种姿势是我们根本没办法模仿的，他会在口里含着它自己小小的性器官，让自己兴奋。知道了吧，性欲不是年轻、健壮的人所独有的，不是这种人会引起别人酸葡萄心理的人所独有的。胎儿含着自己的性器官会使世界上所有的老祖母深受感动，甚至连那些老古板的祖母都很难不受感动。因为婴儿是绝大多数的人心目中最强有力、涵括最广、最确定的公约数。而一个胎儿，我亲爱的朋友，不再是一个婴儿，他更是一个居首位的婴儿，是个在一切之上的婴儿！”

他让大家再看一遍同一段影片，香黛儿看到两张湿润的嘴碰触在一起，还是一样感觉微微的厌恶。她想起有人跟她说过，在中国和日本的色情文化里，没有张开嘴巴亲吻这样的传统。口水的交换不是色欲里必不可少的要素，而是某种随兴、某种偏离、西方社会里特有的某种肮脏污秽。

影片结束了以后，勒鲁瓦做了个总结："妈妈的口水，嗯，好比是一种黏胶，把我们的品牌'鲁巴契夫'想要吸引的主要顾客群凝聚了起来。"而香黛儿则修正她从前那个意象：不是玫瑰花香味，不是那种非物质性的、诗意的、遍及所有男人的玫瑰花香味，而是物质性的、没有半点诗意的、还带有许许多多细菌的口水，从情妇的嘴里传到情妇的情人嘴里，从情妇的情人嘴里再传到他妻子的嘴里，从他妻子再传给婴儿，从婴儿再传给在餐厅工作的阿姨，从阿姨吐了一口口水的汤里再传给喝了这道汤的餐厅顾客，从顾客再传给他妻子，从他妻子再传给妻子的情人，再传给其他

人，再传给其他的嘴巴，以至于最后我们每个人都沉浸在众多口水混合之海中，使我们都同属于一个口水的国度，同属于一个潮湿、联合为一的人间世界。

18

这天晚上，在嘈杂的摩托车声和喇叭声的噪音中，香黛儿疲惫地回到家。她急着想让耳根子清静下来，但是她一打开公寓大楼的门，就听见工人的呼喊和铁锤重击的声音。是电梯出故障了。爬楼梯的时候，她觉得全身燥热，整个人很不舒服，铁锤敲打的声音在楼梯间回响着，好像为这股燥热伴奏的咚咚鼓声，使燥热更加热烘烘、更加充塞四方、更加把它推到高峰。她汗水淋漓地在公寓门口停了一下，让自己喘口气，免得让-马克看到她这副红彤彤的模样。

“火葬场的火把它的名片给了我。”她对自己这么说。这个句子不是她造出来的；它就这样浮现在她脑海，她也不知道是怎么来的。站在门口，在不间断的嘈杂声响中，她自己又把这句话重复说了好多次。这个句子她不喜欢，它刻意要表现的那种阴森森的感觉，她觉得格调不高，可是她摆脱不了这个句子。

终于，铁锤没有继续敲打，燥热也开始消退了，她走进屋里去。让-马克过来抱抱她，可是，当他跟她说话的时候，铁锤敲打的声音又响了起来，虽然声音已经减弱了一些。她觉得好像有人一直在追捕她一样，她连躲都没地方躲。她全身冒汗，突然没头没尾地迸出一句话："火葬场的火，是不让我们的身体任人支配的唯一解决办法。"

她注意到让-马克流露出讶异的眼神，才觉得她刚刚说的那句话很怪异；很快地，她跟他聊起了今天在办公室看的那部影片，以及勒鲁瓦说的那番话，还特别提起了在妈妈肚子里拍摄的那一段胎儿的影片。说那个胎儿用一种表演特技的姿势，做一些成人不可能做得到的自慰的动作。

"一个胎儿有性生活，你能想象吗！他还没有任何意识，没有任何个性、没有任何知觉，却已经有了性冲动，而且说不定，还能有高潮。我们性的意识先于我们的自我意识。我们的自我还不存在，我们的色欲就已经在那里了。而你能想象吗？这种想法竟然让我所有的同事都深受感动！看着一个会自慰的胎儿，他们眼眶里竟然有泪水！"

“那你呢？”

“喔，我觉得好倒胃口。唉，让-马克，好倒胃口。”

她突然莫名其妙地觉得心里被触动了一下，紧紧抱住了他，靠在他身上，就这样子抱着，几秒钟不动。

她接着说：“你知道吗，甚至在你自己妈妈的肚子里，所谓神圣不可侵犯的地方，也躲不了别人的目光。你会被人家拍摄下来、被人家侦察、被人家看见你在自慰。你一个小小胎儿可怜的自慰。你活在这个世界上躲不开别人的目光，这大家都清楚。可是甚至在你出生之前也躲不过。就像你死了以后也没办法躲一样。我记得我以前在报纸上看过一则报导：有人怀疑某个自称是俄国贵族后裔的人是冒名顶替的，所以在这个人死后，为了摘去他的贵族封号，就从墓穴里挖出一具农妇尸体，来证实这农妇可能才是那个人的妈妈。她的遗骸被拿来解剖、她的基因被拿去检验。我倒是很想知道，有哪一条高尚的法律条文赋予他们权力，去挖那位可怜老妇人的坟！搜遍她赤裸的身体，完完全全赤裸的身体，完完全全赤身露骨的死人骨架！啊，让-马克，我觉得很反感、反感透顶。还有，你知道海顿的头的那件事吗？有人从他温温的尸体上把头砍下来，好让一个有点神经病的学者剖开他的大脑，看看这位音乐家的天赋到底藏在大脑的哪个部位。还有，你知道爱因斯坦的那件事吧？他很周到地拟了一份遗嘱，表明他死后要火化。后人遵照了他的遗嘱，可是他最喜欢的那位对他最忠诚的学生，却坚持他一定要活在老师的目光下。在火化之前，他从尸体上取出了眼睛，把它装在酒精钵里，让这双眼睛一直看着他，一直到他去世。就是因为这样，所以我刚刚才会说，只有火葬场的火能让我们的身体逃过这些事情。这才是唯一彻底的死亡。让-马克，我想要一个彻底的死亡。”

不一会儿，铁锤的声音又回响在大楼里。

“只有火化，我才能确定我永远不会再听见这个声音。”

“香黛儿，你是怎么了？”

她看着他，然后转过身子，背对着他，又觉得心里被触动了一下。不过这一次被触动，不是因为她刚刚说的话，而是因为让-马克的声调，那种非常关心她的沉重声调。

19

第二天，她到墓园去（她每个月至少到墓园一次），到她儿子的坟前坐一坐。她来这里，都会和他说说话，这天，她觉得自己好像需要解释、需要辩白，她对他说，我亲爱的、我亲爱的，不要以为我不爱你，或是我没有爱过你，就是因为我爱你，所以要是你还活着，我就不会变成现在这个样子。一个有孩子的人是不会不屑这个世界的，因为是我们把孩子带来这个世界。为了孩子的缘故，我们关心这个世界，思索它的未来，心甘情愿地参与这个世界的噪音、骚动，严肃对待它已经无可救药的荒唐愚昧。而你的死，使我失去了和你相处的快乐，可是，你的死却同时也把自由还给了我。让我在面对这个我不爱的世界时，有自己的自由。如果说，我会让我自己不爱这个世界，是因为你已经不在这个世界上了。我阴沉的思想不会带给你任何诅咒。我现在可以告诉你，在你离开了我这么多年以后，我了解到，你的死对我来说就像是一份礼物，我最后还是接受了这份礼物，这份可怕的礼物。

20

第二天早晨，她又在信箱里发现一封信，同样是那陌生的笔迹。信里的内容不像之前写得那么简单轻便。她觉得像是长篇的口供笔录一样。“上个礼拜六，”这个人写着，“九点二十五分，您比平常早出门。通常，我都会跟踪您去搭公交车，可是这一次您却走了相反的方向。您提着一只皮箱，走进一家洗染店。老板娘应该认识您，可能她还挺喜欢您的。我在马路上的另一头观察她：她本来昏昏欲睡的脸，一下子突然变得有光彩，大概是您跟她说了什么好笑的话，我听见她的笑声，被您逗得发笑，我想我能看见她的笑里反映着您的脸。然后，您离开了，皮箱里装得满满的。装的是您的套头毛衣、是桌巾，还是日用衣物呢？反正，您的皮箱给我的印象是，有某种人为的东西加在您的生活里。”他还写到了她的裙子和她脖子上的珍珠项链。“这串珍珠项链，我以前没看过。很漂亮。这种红颜色把您衬托得特别好看。整个人明亮了起来。”

这封信还签了名：C.D.B.。这让她很诧异。第一封信没有签名，她总觉得这样写匿名信的态度可以说比较诚恳一点。一个陌生人向她致意，然后，立刻隐退。可是，一个签名，尽管只是姓名的缩写，却表明了他有意要人家认得他，慢慢地、一步一步地，可是一定避免不了。C.D.B.，她笑着念了几个名字：西里尔-迪迪埃·布尔吉巴。夏尔-大卫·红胡子。

她想着信里写的内容：这个人应该是跟踪她在街上走；“我像个间谍一样跟踪您”，他在第一封信里这么写；所以她应该看到过他。可是她一向不太注意周遭的人，那一天她就更不会去注意了，因为让-马克跟她在一起。再说，那天是让-马克逗洗染店的老板娘笑，而不是她，而且也是他提的皮箱。她又读了一遍信里写的：“您的皮箱给我的印象是，有某种人为的东西加在您的生活里。”提皮箱的并不是香黛儿，那皮箱怎么会“加在她的生活里”？这个“加在她的生活里”的东西，应该是让-马克才对吧？写这封信给她的人是想用一种迂回的方法来攻击她所爱的人吗？然后，她以开玩笑的态度想象着她的反应很有喜剧效果：她还能够针对一个想象的情人来护卫让-马克。

就像她第一次收到信的时候那样，她不知道该拿这封信怎么办，犹犹豫豫的脚步老是重复着同样几个程序：她望着厕所里的冲水马桶，准备把信丢到里面去；她把信封撕成碎片，冲水把信封碎片冲走；然后她把信纸折好，拿回房间，放在她的胸罩下面。她在内衣衣柜前弯腰的时候，听见了开门的声音。她很快关上柜子，转过身来：让-马克站在门口。

他慢慢地走向她，他看她的样子好像从来没见过她一样，眼神专注得可怕，当他靠她很近的时候，抓住了她两边的手肘，让她和他的身体保持三十公分的距离，而且他还是一直注视着她。她被搞糊涂了，也没有想到要说什么。当她莫名其妙得快受不了的时候，他把她抱在怀里，笑着说："我想看看你的眼皮上下眨动的样子，好像雨刷刷洗挡风玻璃。"

21

从他上一次和F见过面以后，他就在想：眼睛：灵魂之窗；脸上美的焦点；个人的身份都集中表现在这一点；可是它同时也是一个视觉仪器，应该不断地清洗它、湿润它，以含有盐分的特别液体来保养它。眼神，一个人最神奇奥妙的所在，却被眨眼睛这种规律性的、机械性的刷洗动作所打断。就好像用雨刷刷洗挡风玻璃一样。目前，雨刷刷动的速度，能调整成每隔十秒钟刷动一次，这种速度很接近我们眨眼皮的节奏。

让-马克看着和他说话的人的眼睛，观察眼皮的眨动；他发现这并不容易。通常我们不习惯特别去注意眼皮。他心里想：我最常看到的就是别人的眼睛，还有他的眼皮和眨眼皮的动作。然而，我却不会记得这个眨眼皮的动作。我从和我面对面的那双眼睛里删除了这个动作。

他心里还在想：上帝在他的工作室里摸摸弄弄地做点小零活，

在无意间，他做出来这个身体模型，我们必须在一段很短的时间里变成它的灵魂。但是这样的命运多悲惨啊，是随随便便造出来的一个身体模型的灵魂，这个身体模型要是没有每十秒、二十秒刷洗一下眼睛的话，眼睛还没办法执行它观看的功能呢！怎么能够相信和我们面对面的人是个自由、独立的个体，是自我的主宰呢？怎么能够相信他的身体会忠实地表现在它里面的那个灵魂呢？为了相信它真的能做到，我们就必须忘记眼皮永远不断地在眨动着。必须忘记我们是在一个随便做点小零活的工作室里造出来的。我们必须恪遵那份遗忘的契约。那份契约是上帝强迫我们一定要接受的。

可是在让-马克的儿童时期和青少年时期，确实有一段短时期，他还没有知觉到“遗忘”这份契约的存在，在那个时候，他看着眼皮在眼睛上刷动总觉得很不可思议：他发现眼睛不是一扇窗，不是我们可以看见一个独特、神奇灵魂的窗口，而是一个草率造出来的装置，在远古时代就有人启动了它。青少年时期这个灵光乍现的洞见是个冲击。“你停下了脚步，”F对他说，“直盯着我看，然后口气很坚定地对我说：‘我连看她们眨眼睛都受不了……’”他想不起来这件事。这个冲击注定会被遗忘。而且，事实上，要不是F跟他提起，这件事他可能永远不记得。

他沉浸在自己的思绪里，回到家，打开香黛儿房间的门。她正在衣柜前整理里面的东西，让-马克这时候很想看看她的眼皮在眼睛上眨动的样子，她的眼睛对他是一扇无法用言语形容的灵魂的窗口。他朝着她走过去，抓着她的手肘，注视着她的眼睛；的确，眼睛不断地眨动，甚至还眨得很快，好像她知道她正在接受检查。

他看着眼皮合上又睁开，很快，太快了，他想找回他自己原有的那种感受，那种十六岁的让-马克所感受到的，认为眼睛的机械性动作非常让人失望的感受。可是，现在她眼皮异常快速的眨动和它突然不规则的跳动，比较会让他心软，而不是让他失望：他在香黛儿像雨刷一样的眼皮里，看见了她灵魂的翅膀，颤抖着的、惊惶不定的、挣扎着的翅膀。情绪像一道闪电似的突如其来，他把香黛儿紧紧揽在怀里。

然后，他松开她，看着她迷惑、受惊的脸。他对她说:“我想看看你的眼皮上下眨动的样子。好像雨刷刷洗挡风玻璃。”

“我不懂你在说什么。”她说，骤然松了一口气。

他跟她说起，他已经不爱了的那位朋友提到的那件他已经遗忘了的往事。

22

“当F告诉我我在中学时的一些想法，我感觉好像是听见了一件非常荒谬的事。”

“才不会呢，”香黛儿对他说：“就我所认识，你很可能说过这种话。那完全符合你的个性。你还记得你读医学院的时候吧！”

让-马克从未低估一个人选择他的职业的那个神奇时刻。他很清楚人生苦短，一旦做了选择就无法再改变，他心里很焦虑，因为他发现没有哪一项职业立刻激发出他的兴趣。他心里带着很大的问号，把几种可能的职业都列出来，一项一项地来考虑：当检察官，一生都用来迫害别人；当老师，当个没家教的孩子的受气包；学科技、工程，进步只会带来一丁点的益处，却会随之带来极大的害处；空洞、钻牛角尖的人文科学太过喋喋不休；室内设计（这个职业会吸引他，是因为怀念他从前做木工的祖父）完全受到流行的摆布，而他痛恨流行；可怜的药剂师，这个职业被贬低为卖药盒和药瓶的人。当他问自己：我要选择什么作为我的终生职业？他内在的声音垂落在最困惑的沉默里。要是，到最后，他决定了选择读医学院，那不是跟随自己内心里的偏好，而是根据利他的理想主义所做的抉择：他认为医学是唯一一种对人类最有益的职业，而且它技术上的进步所带来的负面影响是最小的。

很快地，当他读到了第二年，必须耗时间在解剖实验室里的时候，他就开始对医学失望：有一件事让他很受打击，他一直没办法克服：他无法直面死亡；不久之后，他坦承事实比这个更糟糕：他没办法直面身体：因为我们的肉体命中注定就是不完美，它的不完美不需要由它自己负责任；会随时间逐渐腐烂的生物现象，支配了它的生命进程；它的血液、它的内脏，还有它的痛苦。

他跟F说他觉得眨眼皮的动作很恶心，那时候他应该是十六岁。当他决定读医学院的时候，应该是十九岁；在这个年纪，他已经签了那份遗忘契约，已经不记得三年前他跟F说过的话。对他来说，这很可惜。这个回忆在那个时候应该会有警示的作用。它应该可以让他明白，他选读医学院纯粹是出于一种理论性的考虑，是对自我一点也不了解就做出的决定。

所以他这样读了三年医学院，就因为觉得非常受挫而放弃。在失去了这几年之后，他还会选择其他什么职业呢？要是他的内在的声音还是和以前一样沉默，他还有什么可以紧紧抓住的呢？他最后一次从医学院外面宽阔的台阶走下来，觉得自己好像孤身一人站在月台上，而所有的火车都已经开走了。

23

为了查明写信给她的人是谁，香黛儿偷偷地，但是很用心地观察她的周遭。在他们那条街的街角，有一家小酒馆：那里是监视别人最理想的处所；从那里，可以看见她家大楼的入口、她每天都会经过的两条路，以及她搭公交车的站台。她走进酒馆里，坐下，点了一杯咖啡，仔细端详店里所有的客人。柜台那边，她看见一位年轻人在她进来的时候把目光挪开了。那是位常客，她认得他的长相。她甚至还记得，以前，他们有很多次目光接触，可是后来，他一副好像没见过她的样子。

有一天，她把这个人指给她的邻居看。“喔，那是杜巴罗先生！”“他是姓杜巴罗，还是姓杜·巴罗？”这位邻居不知道。“那他的名字呢，您知道吗？”不，她不知道他的名字。

杜·巴罗，倒是蛮贴切的。如果真的这样是的话，她的仰慕者就不会叫做夏尔-迪迪埃，或是克里斯托夫-大卫，D代表的是贵族的称号介词，而且杜·巴罗的应该是单名：西里尔·杜·巴罗。或者可能是更棒的：夏尔。她想象着他来自乡下的一户破落贵族家庭。这个家族最可笑的骄傲，就是他们带着贵族称号介词的姓氏。她想象着，夏尔·杜·巴罗站在吧台前，装出一副冷漠的样子，而她心里想，这个贵族称号介词加在他身上倒是蛮贴切的，它完全符合他那副对什么都很厌烦的态度。

不久，她和让-马克走在路上，杜·巴罗迎面走过来。她脖子上戴着红色的珍珠项链。这是让-马克送她的礼物，可是，她觉得这条项链太显眼了，所以她出门很少戴。她突然想到，她那天会戴着它，是因为杜·巴罗觉得这条项链很好看。他大概会以为（不过，他会这么想还蛮有道理的！）她是因为他，而且是为了他，才戴那条项链的。他只匆匆瞥了她一眼，她也瞥了他一眼，而她一想到珍珠项链，脸就红了。她一直红到了胸口，而且她相信他大概都看在眼里。等他们擦肩而过，他已经离他们很远了以后，反而是让-马克惊讶地问："你脸都红了！怎么啦？怎么回事？"

她自己也很讶异；她为什么会脸红？太过注意这位先生让她自己也觉得不好意思？可是，她会这么注意这位先生，其实只是出于没什么大不了的好奇心！我的天啊，为什么最近她常常动不动就脸红，像个青涩的少女？

事实上，在少女时期，她很容易脸红；那时候她在生理上正开始要转变为女人，她的身体逐渐变得饱满丰润，而这让她觉得很丢脸。成人以后，她就忘了她会脸红。接着，身体的燥热宣告了这个成熟过程的结束，而且她的身体重新又让她觉得羞愧。她的羞耻心一觉醒，她又会脸红。

24

信一封一封地来，她越来越没办法不把这些信当一回事。这些信写得很聪明、很得体，不会让人觉得可笑，也不会纠缠不休。写信给她的人不想怎么样，没有什么要求，也没有坚持一定要怎么样。他很聪明地（或者说很狡猾地）把他自己的个性、他的个人生活、他的情感、欲望都藏在暗处。他是个间谍；他只写她的事情。这些信不是诱惑的信，而是仰慕的信。如果说这其中还是带有诱惑的性质，那大概是他的长期目标。然而，她最近收到的这封信却显得很鲁莽："三天来，我不见您的影踪。当我再次看到您的时候，我不禁要赞叹您那轻快、非常渴望往上蹿升的举止。您好像是一把火，为了存在，必须要舞动、升腾。您比以往更加修长，行走的时候身旁环绕着一团火焰，快乐的火焰、狂欢的火焰、陶醉的火焰、野性的火焰。当我想起您的时候，我就把一件覆满火焰的袍子抛向您赤裸的身体。我把枢机主教胭脂红的袍子覆在您雪白的身体上。然后，就以这样的装束，我要把您带到一间红色的房间里，把您放在红色的床上。我的红衣枢机女主教，最华丽辉煌的枢机女主教！”

过了几天以后，她买了一件红色的睡衣。她在家里，穿着它照镜子。她从各个角度打量自己，慢慢撩起睡衣的衣角，她觉得自己的手脚从来没有这么修长，皮肤从来没有这么白皙。

让-马克回来了。他很讶异，看她穿着一件剪裁非常好的红色睡衣，脚步妖俏、妩媚地向他走过来，一会儿缠黏着他，一会儿甩开他，一会儿故意让他靠近，又趁机迅速躲开他。他被这个游戏诱惑，在公寓里到处追着她跑。突然，远古时代那种男人追捕女人的情况重现在眼前，这使得他深深着迷。而她绕着圆形的大桌子跑，自己也陶醉在这样一个影像中：一个女人在一个想要她的男人前面被追着跑，然后，她逃到了床上去，把她的睡衣直撩到了脖子上。他用一种意料之外的全新力量与她做爱，可是突然，她却觉得有个人在这儿，在房间里，这个人发狂似的非常专心地观察他们，她看见了他的脸，是夏尔·杜·巴罗那张脸，那张勉强她穿上红色睡衣、勉强她做爱的脸，她想象着他的样子，高声发出欢愉的娇喘。

现在，他们靠在彼此身边喘息，那个窥探者的影像让她激扬了起来；她在让-马克耳边呢呢喃喃，说她赤裸的身体上覆着一件胭脂红的袍子，好像一个华丽辉煌的红衣枢机女主教走过教堂里摩肩接踵的群众。听了她这些话，他又抓住她，在她不停叙述着充满奇想的一波波潮水上乘风破浪，再一次和她做爱。

接着，一切都平静下来；眼前只剩下她那件被踢到床角的红色睡衣，被他们的身体蹂躏得皱巴巴的。在她半闭的眼睛里，这红色的一团转变为玫瑰花坛，她还闻到了几乎被遗忘的微弱香味，想要拥抱所有男人的那股玫瑰花香。

25

第二天，礼拜六早晨，她打开窗，看见天空蓝得让人赞叹。她觉得很快乐，却突然对正要出门的让-马克说：

“真不知道我那可怜的不列癫人最近怎么样了？”

“怎么啦？”

“他还是那么色吗？他还活着吗？”

“你怎么会想到他？”

“我不知道。就是突然想到。”

让-马克走了，她一个人留在家里。她去浴室，然后走到衣柜那里，很想把自己打扮得漂漂亮亮。她看着衣柜里的隔板，有样东西吸引了她的注意力。在一叠内衣的最上面，她的披肩折得好好的放在那里，可是她明明记得她之前是漫不经心地把它塞在里面。有人帮她把东西收拾整齐了？清洁工一个礼拜才来一次，而且她从来不去碰她的衣柜。她很惊讶自己的观察力这么敏锐，心里想，这应该是她以前假期住在乡下的大宅院时学来的。住在乡下大宅院的时候，她常常强烈地感觉到有人在窥探她，所以她学会了牢牢记住她是怎么放置自己东西的，要是有陌生的手略略翻动过她的东西，她就会知道。她很庆幸这些往事都过去了，她照照镜子看了一下自己，觉得很满意，就出门去了。到了楼下，她打开信箱，看见又有一封信等在那里。她把信放进皮包，心里想，待会儿要在哪里看这封信。她来到了一个小公园，坐在一棵树荫宽广的椴树下，秋天的椴树树叶泛黄，被太阳照得像火焰一样明亮。

"…… 您的高跟鞋踩在人行道上咔咔作响，使我想起了我从来没有走过的街道 —— 那些像树木一样枝叶分叉的街道。您唤醒了我少年时期一个萦绕不去的想法：我想象，在我面前的未来人生就像一棵树。我把这棵树叫做可能之树。我们只在某一段很短的时期，才会这样看待人生。然后，人生变成一条直直的路，而且一旦变成这样，就永远定型，就像进入一条隧道里，再也无法脱离。然而，树的那个古老影像，会像永远无法忘怀的乡愁一样，存留在我们身上。您使我想起了那棵树，而现在我要反过头来，把树的影像传递给您，让您也听见它呢喃、迷人的声音。”

她抬起头。在她上面，是椴树广延伸展的枝干，像装点着一只只小鸟的金色顶棚。好像信里提到的树就是这一棵一样。在她内心深处，树的意象和她古老的玫瑰花的意象混淆了起来。她必须先回家一趟。作势和椴树道别了以后，她还抬起眼睛看看树，然后才离开。

说真的，她青少年时期的玫瑰花意象，并没有为她带来许多冒险，甚至也没有引发任何具体的事件——除了有个英国人留给她一个有点可笑的回忆之外，那个英国人年纪比她大很多，十几年前他曾经到她上班的地方拜访，花了半个小时的时间来奉承她。后来，她才听说他是个浪荡子，是个有名的大色狼。见过那次面以后，并没有下文，这件事只成了她和让-马克开玩笑的题材（他不列癫人的外号是让-马克取的），而且这件事也只让她后来会特别留意某些字眼——例如，“浪荡”这个字，以及“英国”这个字——这些字眼是她以前视若无睹的；有别于其他人对这英国这个字的认知，对她来说，这是个代表了欢愉与罪恶的国度。

在回家的路上，她一直听见椴树上小鸟叽叽喳喳的叫声，而且看见了那位浪荡的老英国人；她在这轻雾迷蒙的想象画面里，步履悠闲地走着，走到了她住的那条街附近；就在那里，在她前面五十米的地方，那家小酒馆的桌子都搬到了人行道上，写信给她的那位年轻人就一个人坐在那里，面前搁着一杯红酒，他没带书、没带报纸，也没在干什么，他的眼睛望着虚空，脸上带着一种快乐而慵懒的表情，这表情正和香黛儿的表情相呼应。她的心开始怦怦跳。这一切安排得真是巧妙！他怎么知道他会在她刚刚读完信以后遇到她呢？她的心里骚动，就好像她赤裸着身体披着红色的袍子走在路上，她越来越接近他了，接近刺探她私密生活的窥伺者。她离他只有几步的距离，她等着他会在哪一刻突然开口对她说话。她该怎么反应呢？她根本不想和他碰面！可是她不能像个受到惊吓的少女一样跑着躲开。她放慢了脚步，试着不去看他（我的天哪，她的举止真像个少女，而这是不是意味着，她真的老了？）可是，很奇怪，他一副满不在乎的冷漠态度，坐在盛着红酒的酒杯前，眼睛望着虚空，似乎没看到她。

她已经离他很远了，继续往回家的路上走。杜·巴罗是不敢吧？或者是他把持住了自己？喔，不，不是。香黛儿确信他那种满不在乎的样子完全不是装出来的：是她弄错了；她错得一塌糊涂。

26

晚上，她和让-马克去一家餐厅吃饭。隔壁桌有一对情侣一直很沉默，彼此不交谈。在别人面前还能这样保持沉默，不是件容易的事。他们这两个人，眼睛要往哪里看才好呢？要是他们互相注视着对方的眼睛，却一句话都不说，那不是很滑稽？盯着天花板看吗？这又好像是在展示他们的哑然无言。观察隔壁桌的人吗？搞不好他们会接触到别人拿他们的沉默当笑话的目光，这样更糟糕。

让-马克对香黛儿说："你看，他们并不是讨厌对方。他们也不是已经变得冷漠，不再相爱。你不能用两个人讲了多少话来衡量他们之间感情的深浅。这事情很单纯，他们只是一时脑袋空空。而且，说不定他们只是因为没话可说，就很自然地不说话。这和我住在佩里戈尔[①]的姑姑正好相反。每次我见到她，她就会说个没完没了，大气也不喘一下。我试着去解析她这种滔滔不绝的说话方式。她把她所看到的、她所做的每件事都用话再讲一遍。讲她早上就起床了，讲她早餐只喝不加糖不加奶精的黑咖啡，讲她丈夫然后就去散步，你想想看，让-马克，他一回家就看电视，你想想看！他不断地转换电视频道，然后电视看烦了，就去翻翻书。他就这样——这是她的句子——把时间耗掉了……你知道吗，香黛儿，我很喜欢这些简单、平常的句子，就像在述说一个奥秘。'他就这样把时间耗掉了'是个很基本的句子。他们的问题是时间，把时间耗掉，让时间自己消失，他们不想费半点力气，不想像精疲力竭的徒步者那样，横越时间的路程，所以，她会一直说话的原因就是，她像连珠炮一样迸出来的话，会悄悄地使时间挪动，而一当她闭上嘴巴，时间就停滞不动，成了某种阴暗、巨大、沉重的东西，而这会让我可怜的姑姑害怕，她一惊慌，又会很快地捉住一个人，去跟他说她女儿担心她那个拉肚子

① Périgord，法国西南地区。

的小孩，是啊，让-马克，拉肚子，拉肚子，她已经去看过一个医生，那个医生你不认识，他住在离我们家不远的地方，我们认识那个医生很多年了，我生病也是他看的，这个医生，我得了流行性感冒的那个冬天，你还记得吗，让-马克，我发烧烧得很厉害……"

香黛儿面带微笑，让-马克跟她说起了另一件往事："我刚满十四岁那年，我祖父——不是做木工的那一个，是另外一个——即将不久于人世。在他在世的最后几天，他的嘴巴发出一个意义完全不明白的声音，那声音甚至不像呻吟，因为他不会痛，也不像他发不出来某个字音，都不是，他并没有丧失语言能力，很单纯的，就是他没有什么话要说，没有什么要和人沟通，没有任何具体的讯息，他甚至也没有要跟谁说话，他对别人都已经不感兴趣，他自己一个人伴随着他所发出来的声音，单独的一个声音，一个劲儿啊啊啊啊啊的，只有在他需要呼吸的时候声音才会间断。我看着他，像被催眠了一样，我永远忘不了这件事，因为我那时候还小，我以为我懂这其中的意义：这样的一种存在方式就会对应于这样的一种时间；而且我认为这种对应就叫做无聊。我的祖父用这种声音、这种不断啊啊啊啊啊的声音来表达他的无聊，因为要是没有这些啊啊啊啊啊，时间会压垮他，而我的祖父只能挥舞着这项武器、这种没完没了的啊啊啊啊啊，来和时间对抗。”

“你的意思是说，他快要死了，他觉得无聊乏味？”

“我就是这个意思。”

他们谈到了死亡，谈到了无聊，他们喝着波尔多葡萄酒，他们笑，他们玩闹，他们很快乐。

然后让-马克又回到他的思绪里：“我要说的是，无聊的数量——如果无聊可以数得出来的话——现在的无聊一定要比从前的无聊多得多。因为，从前人们的工作，至少对大部分行业来说，根本无法想象不把热情灌注在他们的工作上：农夫爱他们的土地；就像我的祖父，他是个制造好看桌子的魔术师；而鞋匠，他熟悉村里所有人的脚；森林管理员；园丁；我想，甚至连士兵都带着热情杀人。对他们来说，不存在所谓生活的意义这样的问题，很自然的，意义和他们在一起，在他们的作坊里、在田里。每个职业都创造出它特有的精神面貌、它特有的生存方式。一个医生思考的和农夫思考的不同，一位军人的举止也和老师的举止不同。今天，大家都变得很相像，同样都有对工作冷漠的通病。这种冷漠变成了我们的热情。这是我们在这个时代，唯一的热情。”

香黛儿说：“可是，你说说看，你自己，你在当滑雪教练的时候，你在杂志上写一些室内设计的稿子的时候，或者是后来写医学相关文章的时候，甚至当你在木匠作坊里画设计稿的时候……”

“……嗯，这是我最喜欢的工作，可是行不通……”

“……或者是，当你失业没事可做的时候，你应该也觉得无聊乏味吧！”

“当我认识你的时候，一切就改变了。这倒不是因为我的工作变得比较有意思。而是因为我把发生在我周遭的事，拿来当做我们谈话的材料。”

“我们谈的可能是其他事！”

“两个相爱的人，单独相处，脱离这个世界，这很美。可是他们源源不绝的谈话内容要从哪里来？不管这个世界多么令人厌恶，情侣们还是需要它，才能够交谈。”

“他们可以不说话。”

“就像旁边这一桌的两个人？”让-马克笑着说：“喔，不，爱不可能在缄默中存活。”

27

侍者弯着腰把甜点放在他们桌上。让-马克谈到了另外一个主题:“你知道那个乞丐吧，我们有时候会在我们那条街上看到他。”

“不知道。”

“嗳，你知道的，你一定看到过他。那个人大概四十岁，看起来一副公务员或是中学老师的样子，很尴尬地伸着手乞讨。你没注意过吗?”

“不知道。”

“嗳，你一定知道的！他一直站在梧桐树下，那条路上就只剩下唯一一棵梧桐。你甚至能从窗口看到叶丛。”

香黛儿努力回想有什么梧桐树，突然，她想起来了:“啊，有，我知道了!”

“我非常想去跟他讲话，去和他交谈，真正地去了解他是个什么样的人，可是你不知道这有多困难。”

香黛儿没有听到让-马克最后说的那几句话；她看见了那个乞丐。站在树下的那个人。一个很腼腆的人，他的安静畏缩让人过目难忘。他总是穿得很整洁，所以路过的人几乎不知道他是在乞讨。好几个月以前，他曾经开口跟她说话，请她施舍一点钱，态度很有礼貌。

让-马克继续说：“这很困难，因为他会防备。他不懂我为什么要跟他说话。是好奇吗？他大概会怕这种事。是怜悯吗？这会让他觉得丢脸。给他某些东西吗？可是我能给他什么？我试着站在他的处境，想要了解他期望别人怎么样。可是我想象不出来。”

她想象他站在树下，突然，像一道闪电闪过似的，这棵树让她明白了写那些信给她的人，是他。是树的意象暴露了他的身份，是他，站在树下的男人，他和树的影像紧密相连。一下子，她浮想联翩：没有人可以像他这样，没有工作，时间随他自由支配，能偷偷把信放进她的信箱里，没有人可以像他这样，仿佛不存在似的，可以不动声色地窥探她每天的作息。

让-马克又接着说："我可以去跟他说，请来帮我整理地窖。他可能会拒绝，不过不是因为他懒，而是因为他没有工作服可穿，他需要保持衣服整洁。然而，我实在很想去跟他说话。因为他是另外一个我！"

香黛儿对让-马克的话心不在焉，她自顾自地说："不知道他的性生活过得如何？"

"他的性生活，"让-马克笑了："没有，没有，完全没有性生活！想得美！"

想得美，香黛儿心里想。难道她只是一个不幸的人的胡思乱想？他怎么会挑上她，偏偏挑上的就是她呢？

让-马克又回到他固执的想法上："有一天我要去跟他说，来和我喝一杯咖啡吧，你是另一个我。只不过我在无意间躲过了像你那样的命运。"

"别说这些傻话了，"香黛儿说，"你从来没有受过那种命运的威胁。"

“我永远记得我离开医学院的那个时候，那时候我突然意识到所有的火车都开走了。”

“对，我知道，我知道，”香黛儿说，这个故事她已经听过很多遍了，“可是你怎么可以拿你小小的挫折，来和一个男人等着过路行人在他手里放一块钱这种人生真正的不幸相比呢？”

“放弃学业不是一种挫折，那时候我放弃的是雄心壮志。我当下就成了一个没有雄心壮志的男人。而没有了雄心壮志，我立刻就置身于世界的边缘。而且更糟的是：我就想当个边缘人，一点也不想去找其他安身立命的地方。我一点也不想，尤其是因为我不会落到悲惨的地步。可是如果你没有了雄心壮志，如果你没有一定要成功成名的那股强烈的欲望，你就会处在悬崖的边缘。我在那里待过，那真的是非常舒服。但是无论如何，我所处的地方毕竟还是悬崖边缘。所以，我的说法一点也不夸张，我是属于乞丐那一边，而不是属于这间豪华餐厅的老板这一边，虽然我在这间餐厅里度过了愉快的用餐时光。”

香黛儿心里想：我成了一个乞丐崇拜的性偶像。得到这样的荣誉真是滑稽。然后她自己修正了想法：为什么乞丐的欲望就不能和生意人的欲望一样受到同等的尊重？其实，正因为乞丐的人生失去了希望，他们的欲望才格外具有一种极其珍贵的质地：自由而诚挚。

接着，她又起了另一个念头：那一天，她穿着红色睡衣和让-马克做爱，这位第三者就在观察他们，和他们共处一室，而那个人不是小酒馆里的年轻男子，而是这个乞丐！其实，是他把红色的袍子披在她肩膀上，是他把她变成淫秽的红衣枢机女主教！在这一刻，这个念头让她很难堪，可是幽默感很快地袭上了她的心头，在她的心灵深处，她默默地笑了。她想象这个极度害羞的男人，脖子上结着一条看了让人心碎的领带，他的背紧紧贴在他们房间的墙上，伸出手来，神情坚决、色欲流荡地，看着他们在他眼前戏耍。她想象，他们做完爱以后，她全身光溜溜的，淌着汗，从床上起身，伸手去拿她放在桌上的皮包，找到小零钱，放在他的手里。她差一点忍不住笑出来。

28

让-马克看着香黛儿，看见她脸上突然闪过一种暗自窃喜的神情。他不想问她什么原因，只是津津有味地端详她，私自体味其中的乐趣。当她沉陷在那些滑稽可笑的画面里的时候，他心里想，香黛儿是他和这个世界唯一的感情联系。要是有人跟他谈起囚犯、谈起受迫害的人、挨饿的人？他知道可以触动他的唯一方法就是：他想象是香黛儿坐牢、受迫害、忍饥挨饿。要是有人跟他谈起在内战期间女人被强暴？他所看见的也是香黛儿被强暴。是她，也只有她，才能救他脱离漠不关心的状态。唯有透过她，才能激发他的同情心。

他想跟她说这件事，但是把气氛弄得这么赚人热泪会让他觉得丢脸。更何况还有另外一个念头吓着了他，一个完全相反的念头：要是他失去了她——这个唯一使他和其他人联系在一起的人，那会怎么样呢？他想到的不是如果她死了，而是某种更微妙、更无法捉摸的事情（后来这个念头一直萦绕着他）：万一有一天，他认不出她；万一有一天，他发现香黛儿不是和他一起生活的那个香黛儿，而是他之前在沙滩上错认是香黛儿的那个女人；万一有一天，对他来说本来是确凿的香黛儿，却千真万确地变成了幻象，那么他也会把她当一般人看待，对她漠不关心。

她拉着他的手，问："你怎么了？你又不开心了。这几天我都觉得你心情不好。你怎么了？"

"没有，没什么。"

"一定有。告诉我，是什么事让你现在心情不好？"

"我想象你变成了其他人。"

"怎么说？"

"你成了和我想象中不同的人。我把你的身份搞混了。"

"我不懂。"

他看见几个胸罩堆在一起。几个胸罩堆在一起，像悲伤的小山丘。滑稽可笑的小山丘。可是在这个幻影的后面，是香黛儿真真实实的脸，她就和他面对面坐在一起。他感觉到她的手碰触他的手，刚刚觉得在他面前的是个陌生人、是个叛徒的那种感觉一下子就消散了。他笑了笑，说："忘了这个吧。我什么话也没说。"

29

背紧紧地贴在他们做爱的那个房间的墙上，伸出手来，色眯眯地盯着他们光溜溜的身体看：当他们在餐厅吃饭的时候，她一直想象着这样的画面。现在，他的背紧紧地贴在树干上，笨拙地对着路人伸出手来。刚开始，她想假装没有注意到他，然后，她心里有个模模糊糊的念头，想利落地了结这个错综复杂的局面，她故意很刻意地走到他的前面停下来。他连眼睛都没有抬起来，嘴里只重复着他那句套话："我求您帮助我。"

她看着他：他很在意自己的整洁，脖子上系着一条领带，他花白的头发全都往后梳。他帅吗，他丑吗？他的处境使他超脱于美、丑之外。她很想去跟他说几句话，可是她不知道要说什么。他尴尬不自在的样子使她说不出话来，她打开了皮包找零钱，可是除了几生丁，她什么也没找到。他直挺挺地杵在那儿，动也不动，一个恐怖的手掌对着她伸过来，他不动如山的样子使沉默更形沉重。现在开口说："对不起，我身上没带钱"，似乎太晚了点，于是她想给他一张钞票，但她只找到一张两百元的纸币；这种过度大方的施舍不禁让她脸红起来：她觉得自己好像在供养一个想象的情人，为了感谢他写情书给她，而多付给他一些报酬。当这乞丐感觉到他手中是一张纸币，而不是一个冰冷的铜板时，他抬起头来，她看见他的眼睛里充满了讶异。那是一个受惊的眼神，而她，很不自在地快步走开。

当她把纸币放在他手里的时候，心里还在想，她把钱给了她的仰慕者。等到走远了以后，她的意识才清醒一点：他的眼睛里没有闪过一丝一毫同谋共犯的些微光芒；看不出来他对他们之间小小的冒险有任何无言的暗示；而只有发自于内心的、全然真实的讶异；一个穷苦的人受到惊吓的讶异。突然，她一切都明白了：以为写情书的就是这个人，实在是太荒谬了。

一股怒气冲上了她的脑门，她气的是自己。为什么她花那么多心思在这件无聊的事情上？虽然只是想象，她为什么让自己任这个游手好闲的人摆布，甘愿掉进他所设的小小冒险？会想到把那几封信藏在胸罩底下的做法，突然让她觉得很受不了。她想象，有一个旁观者在隐秘的角落观察她所有的行为，可是他不知道她心里在想什么。以他眼睛里所见到的，他只会以为她是一个对男人饥渴的平凡女人，甚至更糟的是，还会认为她是爱幻想而愚蠢的女人，把每项爱的讯息都当做神圣物品一样保留下来，让她能沉溺在幻想中。

她再也受不了这个隐形的旁观者嘲笑的眼神，一回到家，就走到衣柜前。她看着叠成一叠的胸罩，有样东西吸引了她的注意力。可是当然，昨天她就已经发现了：她的披肩不像她原来折的那个样子。只是当时心情愉快很快就忘了这回事。可是这一次，她没办法假装没看见，这不是她放东西的方式。喔，这太明显了！他看了这些信！他监视她！他窥探她！

她非常愤怒，这怒气向着许多箭靶而发：气那个陌生的男人，他写那些信骚扰她，也没跟她道个歉；气她自己傻里傻气地把信藏起来；也气让-马克窥伺她。她拿出那几封信，走到厕所去（这已经走过多少趟了！）。在厕所里，在还没把信撕碎，还没把它丢进马桶以前，她最后又读了一遍这些信，她现在心里猜疑，觉得信上的笔迹很可疑。她很仔细地研究：一直是用同样的墨水，字体都很大，也都略微往左边倾斜，不过，每封信的笔迹都有点不同，就好像写信的人没办法一直维持同样的笔迹。这个发现让她觉得非常奇怪，所以这时候，她还是先不把信撕掉，坐到桌子旁边重新仔细地再看一遍。第二封信让她停下来磨蹭好久，那封信写她到洗染店去的情况：当时事情的经过到底是怎样？她是和让-马克一起去的；提皮箱的人是他。在洗染店里，她还记得很清楚，是让-马克把老板娘逗笑了。写信给她的人也提到了老板娘的笑。可是他怎么听得见呢？他是说他在街对面看到她笑了。可是有谁能在她不知情的情况下，观察她的一举一动呢？杜·巴罗不在那里。乞丐也不在那里。唯一在场的人：就是和她在洗染店里的那个人。而信上写的那一句："有某种人为的东西加在您的生活里"，她本来以为是批评让-马克的一句笨拙的话，其实却是让-马克自己自我陶醉的调情。没错，是他的自恋自怜心理泄了他的底。他想借着哀哀怨怨的自怜对她说：一旦有别的男人出现在你面前，我就只是个没有用的东西，加在你的生活里。接着，她想起了他们在餐厅吃饭吃到后来，他说的那句奇怪的话。他对她说，也许，他搞错了她的身份。也许她是另外一个人！“我像个间谍一样跟踪您”，他在第一封信里这么写。这个间谍，就是他。他观察她，他拿她来做实验，以证明她不是他所认为的那样的人！他以陌生人的名义写信给她，然后观察她的反应，侦查她，一直侦查到她的衣柜，一直侦查到她的胸罩！

可是他为什么要这样做？

唯一可能的答案：他想要陷害她。

可是他为什么要陷害她？

为了摆脱她。事实上，他还很年轻，而她已经老了。她想要掩饰她身上会突然燥热已经掩饰不了了，她老了，而且都看得出来。他在找借口离开她。他不能告诉她：你老了，而我还很年轻。他太正派了，不会这么做，他人太好了。可是当他能确定她会背叛他，她有能力背叛他的时候，他就能够离开她，能像他把他的老朋友F推离他生命一样轻易、一样冷酷。这种冷酷，带有一种莫名的快乐，这一向都让她觉得害怕。现在她了解了，她的害怕正是一种预兆。

30

在他们的爱情记录册的最前面几页，他记录下来的都是香黛儿的脸红。他们第一次见面是在一次有很多人聚会的场合，在一间摆了一张长桌子的大厅里，桌子上摆满了香槟酒杯和几个盛满了土司片、肉酱、火腿的大盘子。这是在山上的一间饭店，他那时候是滑雪教练，也被邀请来参加，他会受邀有一点偶然，而且只被邀请来一个晚上，到山上饭店来参加研讨会的成员每天都会在会后举行小型酒会。有人领着他经过香黛儿身边的时候，很匆忙地随口帮她介绍了一下，他们甚至记不住对方的大名。他们当时只能在别人面前简单地交换几句话。第二天，让-马克虽然没有被邀请，但他还是来了，只为了再见到她。看见他出现的时候，她脸红了。不只两边的脸颊泛红，甚至连脖子，连脖子下面，整个胸口都红了，她在众目睽睽之下满面通红，而她脸红的原因就是因为他。这次脸红等于宣告了她的爱意，这次脸红决定了一切。

三十分钟以后，他们终于能在一条阴暗的长廊单独相处；他们一句话也没说，只是贪婪地拥吻在一起。

接下来，有几年的时间，他再也没见过她脸红，这让他更加确定了一件事：她那一次脸红非常特别，就像无价的红宝石一样在他们遥远的过去闪耀着光芒。后来，有一天，她对他说，男人都不再回头看她。这句话本身并没有什么意义，它之所以变得重要，就是因为她说这句话的时候，脸红了起来。对这种有色彩的语言，他无法充耳不闻，何况，这是他们表达爱意的语言，而且，她说那句话会不由得脸红，他觉得她要表达的其实是对衰老的烦忧。这也就是为什么，他要戴着陌生人的面具，写信给她："我像一个间谍一样跟踪您，您很漂亮，非常漂亮。"

当他把第一封信放进信箱的时候，他根本没想到还要写第二封、第三封信给她。他没有任何计划，他没有设定未来要怎样，他只想让她高兴，现在，马上，帮她摆脱那个男人都不再回头看她的消沉念头。他没有预期她会有什么反应。不过，要是他试着去猜测，他想她大概会把信拿给他看，然后说："你看！毕竟，男人还是没有把我忘记！”而他会以一个恋爱中的男人的天真口吻，顺着这位陌生人的赞扬赞美一番。可是她什么都没跟他提。这个小插曲还没有结束，还有无限可能。接下来几天，他发现她竟然很沮丧，被一些死亡的想法所苦，所以不管他愿不愿意，他都得继续写。

写第二封信的时候，他心里想：我变成了西拉诺[1]；西拉诺：他戴着另外一个人的面具，对他所爱的女人表达爱意；拿掉了他自己的名字，他一下子文思泉涌、出口成章。所以，在信的最后，他签上了名字：C.D.B.。这是他个人的密码。就好像他要在他经过的地方留下秘密的记号。C.D.B.：西拉诺·德·贝尔热拉克。

西拉诺，他继续充当这个人物。他猜她已经不相信自己有魅力，所以他就为她描绘她的身体。他一一指出她身体各个部位，脸孔、鼻子、眼睛、脖子、大腿，好让她再次为自己感到骄傲。后来，他发现她穿衣服都比较愉快了，他很高兴，可是同时，他虽然达成了目的，自己却也觉得很扫兴：以前，她不喜欢戴那条红色的珍珠项链，就算他拜托她，她也不戴；而现在，她却对别人百依百顺。

西拉诺不可能不嫉妒。那天，他突然走进卧室，看见香黛儿正弯腰在衣柜的隔板前，他注意到她非常困窘。那个时候他假装什么都没看到，故意岔开话题，跟她谈起眼皮刷洗眼球的事；第二天，他自己一个人在家，他打开衣柜，发现他写的两封信放在一叠胸罩的下面。

于是，他陷入沉思，他再一次问自己，为什么她没把信拿给他看；这答案在他看来很简单。要是一个男人写信给一个女人，是为了先预备一个处所，好让他以后靠岸，等过一阵子他可以来引诱她。而要是这个女人秘密收藏着这些信，那表示她想以今天的隐匿来保护明天的冒险。而且，要是她保存这些信，就是表示她准备把这未来的冒险看做一场爱情。

他在敞开的衣柜前逗留了好久，后来，每当他又在信箱里放一封新信的时候，他就会检查一下衣柜，看看信是不是还会被放在那里，在胸罩下面。

---

① Cyrano be Bergerac（1619—1955），法国作家。其故事曾被拍成同名电影，一译《大鼻子情圣》。

31

要是香黛儿发现让－马克曾经对她不忠实，她会觉得痛苦，可是，严格的说，他这么做在她意料之中。可是这种窥探，他像警察一样侦查她的这种行径，却完全不像她所认识的他。他们刚认识的时候，他什么都不想知道，不想听她过去的生活。不久，她也同意他这种彻底的拒绝。她在他面前没有任何秘密，只有他自己不想知道的事，她才会不跟他说。她看不出来有什么理由，他突然开始侦查她，开始监视她。

突然，她想起了他那个句子，他提到枢机女主教胭脂红袍子的那个句子，竟然会让她晕头转向，这让她觉得丢脸：那个人只是把一个影像放进她脑子里，她怎么就那么容易被牵着走！在他眼中一定觉得她很可笑！他把她像兔子一样关在笼子里。他不怀好意、心存戏弄她观察着她的反应。

但要是她搞错了呢？她不就是错两次了吗，两次都以为自己拆穿了写信给她的人的身份？

她把让-马克以前写给她的几封信找出来，拿来和C.D.B.写的信比对，让-马克的笔迹稍微往右倾斜，字体算是小的，而陌生人的字体比较大，而且往左倾斜。可是，就是因为差异太明显了，反而让人感觉到其中有诡诈。要是有人不想让人家认出他的笔迹，首先会想到的就是改变倾斜的方向，以及字体的大小。香黛儿仔细比对让-马克所写的f、a、o和陌生人写的这几个字母。她发现，虽然字体的大小不同，但是笔法比较相像。不过，当她一遍又一遍继续比对下去，她反而不敢肯定了。喔，不，她不是研究笔迹的专家，她什么都没办法确定。

她挑了让-马克写的一封信和一封签着C.D.B.这几个缩写字母的信；她把这两封信都放进皮包里。其余的信呢？能找到一个更好的地方藏起来吗？藏起来有什么用呢？让-马克知道这些信，而且他也知道她把这些信放在哪里。不应该让他知道她已经注意到他在窥探她。于是，她又把那些信放回衣柜原来的地方。

然后，她去按一位笔迹心理分析家办公室的门铃。一位穿着深色衣服的年轻男子出来接待她，他带她经过一条走廊，来到一间办公室，在办公室的一张桌子后面，坐着另外一位男人，体格强壮，只穿着衬衫，没穿外套。这时候，那位年轻男子背靠在办公室最里面的一面墙上，而那位体格强壮的人站了起来，伸出手来跟她握手。

男人又坐了下来，而她坐在他面前的一张扶手椅子上。她把让-马克的信和C.D.B.的信放在他的办公桌上；她很不好意思地解释她想要知道的事，那个男人以一种很疏离的语调跟她说："我可以为您分析您知道他身份的人的心理。可是我很难从伪造的笔迹去做心理分析。"

"我不需要心理分析。写这些信的那个男人的心理，我想我已经很了解了，如果真的是如我所想，这些信是他写的话，我想我已经很了解了。"

"如果我没有搞错，您只是想确定写这封信的人——您男朋友或您先生——就是改变了笔迹写另外这封信的人。您想要拆穿他。"

“不完全是这样。”她很尴尬地说。

“不完全是，可是差不多是。只是，太太，我是笔迹心理分析家，我不是私家侦探，我也没有和警方合作。”

在这间小房间里阒然无声，两个男人都不想打破沉默，因为他们都不同情她。

在她身体的深处，她感觉到有一股热气冒上来，一股强而有力的、粗蛮的、鼓胀的热气，她涨得通红，整个身体都红彤彤的；又一次，枢机女主教胭脂红袍子的那些字句浮现在她脑海，因为，事实上，她的身体现在就像是披着一件覆满火焰的火红色华丽外袍。

“您找错地方了，”他又接着说，“这里可不是控告的法庭。”

她听见了“控告”这个字，她火红的袍子变成了披在身上的羞愧。她站起来想把信拿回来。可是在她把信拿回来之前，刚刚在门口接待她的那位年轻男子走到办公桌的另一边；他站在体格强壮的那个男人身边，聚精会神地看着那两封信上的字迹：“这当然是同一个人写的，”他说；然后，他又对着她说：“您看t，再看看g！”

突然，她认出他是谁了：这位年轻人，是她在诺曼底海边等让-马克的时候，那间咖啡厅的侍者。当她认出他的时候，她听见自己满腔是火的内心深处传来她自己的声音，这声音充满讶异：喔，所有的这一切，都不是真的！是我的幻觉，是我的幻觉，这不可能是真的！

年轻男子抬起头来，看着她（就好像他刻意要把脸露出来，好让她看个清楚），带着一种温和又鄙夷的微笑，对她说："当然！这笔迹是一样的。它只是把字体放大，往左边倾斜。"

她什么话都听不见了，"控告"这个词把所有其他词都摒除在外。她觉得自己好像是跑到警察局去检举她爱人不忠的女人，她的证据就是她在床上找到的一根头发。终于，在把信拿回来了以后，她一言不发，掉头就走。那位年轻男子又换了个位置：他走到门边，帮她开门。她离他还有六步距离，这一小段距离对她来说似乎无限漫长。她涨红了脸，全身发烫，浑身是汗。在她前面的这位男人年轻得非常狂妄自大，而且，他也很狂妄自大地看着她可怜的身体。她可怜的身体！在这位年轻男子目光的注视下，她很明显地感觉到它变得衰老，加快速度地衰老，在光天化日下。

她觉得她在诺曼底海边咖啡厅里的情形又要重演了；当他带着曲意讨好的微笑，挡住到门口去的通路时，她很担心自己离不开这间办公室。她等着他故技重施，可是，他却很有礼貌地站在办公室的门边，让她过去；然后，她像个老太婆一样不放心地踩着步子，走到进门的那条走道上（她觉得有个眼神一直盯着她的背看，她的背都湿透了），当她终于走到楼梯间的时候，她突然有种躲开了大灾难的感觉。

32

一次，他们一起走在街上，彼此都没有开口说话，周围只有几个陌生人从他们的旁边经过，但是这天她为什么会突然脸红？实在找不出任何原因：他很困惑，忍不住直接问她："你脸都红了！怎么啦？怎么回事？"她没有回答他的话，害得他心绪不宁，看着她明明心里有事，他自己却完全不知情。

就好像这个突如其来的小插曲使他爱情记录册的绚丽色彩又灼灼耀耀地亮了起来，他写信给她，谈到了枢机女主教胭脂红的袍子。他扮演西拉诺的角色，达成了他最伟大的目标：他蛊惑了她。他写的信、他的勾引手法都让他自己觉得自傲，可是他却也感受到一种前所未有的嫉妒。他创造了一个男人的幻影，而在无意间，他却让香黛儿不得不接受一项测试，来评量她面对另外一个男人的勾引时有多敏感。

他的嫉妒和他年纪还小的时候所知道的那种嫉妒不同，年纪轻时，想象会把幻想中的色欲撩拨得更加折磨人；而现在这一次，虽然没那么痛苦，可是更具毁灭性：它逐渐地把心爱的女人复制成另外一个摹本，而一旦她对他不再是个确定的存在，那么在这一团混乱、毫无价值的世界上，就再也没有任何稳固的支撑点了。面对香黛儿发生变化了的形貌（或者说失去了原初的形貌），他心里充满的是一种陌生的、带点感伤的冷漠情绪。这种冷漠不是针对她，而是对所有的一切都漠不关心。如果香黛儿是一个假象，那让-马克的整个人生也是一个假象。

到最后，他的爱克服了嫉妒和怀疑。他站在敞开的衣柜前俯下身，低着头盯着那一叠胸罩看，突然，不知道为什么，他觉得很激动。激动地面对女人们把一封信藏在她们内衣下面的这种远得无法记忆的举止，激动地面对他独一无二、无与伦比的香黛儿也借着这个举止，归入到所有女人漫长而无止境的队伍中去。他从来不想知道她的私密生活，不会和她一起分享。而为什么他现在对这个这么感兴趣，甚至觉得触犯到自己了呢？

然而，他又扪心自问，所谓私人的秘密是什么呢？在这种私人的秘密里，隐藏着一个人最个人化、最具独特性、最神秘不可解的东西吗？是这些私人的秘密构成香黛儿这个他所爱的独特个体吗？不，不是。秘密最具共通性、最平凡、最会一再重复，而且是每个人都会有的：身体和身体的需要、身体的疾病、身体的癖好，例如便秘，或是月经。我们之所以会很不好意思地隐藏这些私人的秘密，并不是因为它非常的个人化，而相反的，是因为它很悲哀地完全不个人。他怎么能抱怨香黛儿归属于她那个性别，抱怨香黛儿和其他女人一样，抱怨香黛儿穿胸罩，并且对胸罩有她们自己的一套胸罩心理学？就像他自己不也有一些永远摆脱不了的男性愚蠢！他们两个人都是从上帝做点小零活的工作室里得到生命的起源，在这间工作室里，马马虎虎地在他们的眼睛上加个眼皮开合的动作，而且在他们的肚子里造了一个会发臭的小工厂。他们两个人同样都是处在一个身体里，可怜的灵魂在这个身体里所占的位置非常小。在这一点上，他们不是应该彼此宽宥吗？他们不是应该别去理睬他们藏在抽屉深处的平庸无聊吗？他心里充满无限的同情，而且为了给这件事情画上一个句点，他决定写给她最后一封信。

33

面对信纸，他又想起了他充当西拉诺时（他现在还是西拉诺，最后一次）曾经提起的可能之树。可能之树：生命如其所然地呈现在一个人面前，一个很讶异、即将要迈入成人阶段的人：这棵树枝叶繁茂，处处可以听见蜜蜂的嗡嗡鸣唱。他想他了解她为什么一直没有把信拿给他看：她想听听树的呢喃，单独一个人听，不要跟他一起；因为他，让-马克，代表的是所有的可能性都被革除，他把她的生命削减到只剩唯一一种可能（虽然这种削减是幸福的）。她不能跟他提起这些信，因为，她一坦白，很可能立刻就会让人明白（让她自己明白，也让他明白），她并不是真的那么在意这些信提供给她的可能性，而且她就会提前把那棵树——他告诉她的那棵被遗忘了的树——抛到脑后。他怎么能抱怨她呢？毕竟，是他自己想要让她听见枝叶呢喃的乐音。她也不过是照着让-马克的心愿行事。她顺从了他。

面对着信纸，他心里想：就算写信的这趟冒险行动结束了，他也要让这个枝叶呢喃的回音伫留在香黛儿的心里。他写信告诉她，他有突发事件非得离开不可。接着，他更细腻地表达他想说的话："这次离开真的是之前没有预料到的吗？或者应该说，我前面几封信之所以写得很含糊，就是因为我知道这些信不会有后续？就是因为我要离开已经是个确定的事实，我才能完全坦白地跟你说，不是吗？"

离开。没错，这是唯一可能的解决办法，可是去哪里呢？他一直在想。不提目的地吗？这似乎太神秘浪漫了。或者就支支吾吾地一带而过。的确，他这个人应该留在暗处，这也就是为什么他无法解释他必须离开的原因，因为这些原因会把写信的人的假想身份暴露出来，例如，他的职业。不过，他要用很自然的方式提到他去哪里。法国的一个城市？不。这还不足以构成中断信件的理由。必须到更远的地方去。纽约？墨西哥？日本？这显得有点蹊跷。要想一个外国城市，很普通，可是又不太远。伦敦！对啦；他觉得这个地点很合逻辑、也很自然，他不禁暗暗笑了：的确，我能去的地方就只有伦敦。立刻他问自己：为什么只有伦敦让我觉得这么自然？他立刻就会回忆起那个伦敦男人，他是香黛儿和他常常拿来开玩笑的对象，这个没事喜欢招惹女人的男人，以前给过香黛儿他的名片。英国人、不列颠人，让-马克给了他一个绰号，叫做“不列癫人”。还不错：伦敦，一个淫荡梦想之都。这位陌生的仰慕者就要消融在那个国度狂欢作乐的人群中、渔猎美色的人群中、勾搭异性的人潮中，消融在色情狂、性变态、登徒子中；他就要在那个国度里永远消失。

他心里还想：伦敦这个词，他要把它当做一种签名写在信里，就像是他和香黛儿的对话所留存下来的似有若无的痕迹。在沉默中，他忍不住揶揄自己：他要一直当个陌生人，身份莫测，因为这个游戏必须要这么玩。然而，有一股相反的欲望——这股欲望完全没有来由、没有什么道理可说、非理性的、秘密的，甚至还有一点愚蠢的——煽动他不要让人家完全无法看穿，煽动他要留一个暗号，要在某处藏一个密码，好让特别敏锐的、陌生的观察者能够把他的身份指认出来。

当他下楼梯把信放进信箱的时候，听见了几声刺耳的哭闹声。到了楼下，他看见那些人：一个女人和三个小孩站在一排门铃按钮前面。他经过他们身边，走向前面墙上排成一列的信箱。当他转过身，就看见那个女人按的铃就是写着他的名字和香黛儿的名字的。

“您要找谁？”他问。

那女人说了一个名字。

“就是我！”

她往后退了一步，瞧着他，用夸张的口吻赞叹着，说：“是您！喔，很高兴认识您！我是香黛儿的大姑子！”

34

他不知道该怎么做，只好请他们上楼。

“我不想打扰你们。”他们都进了公寓以后，这位大姑子说。

“您没有打扰我。再说，香黛儿也快回来了。”

大姑子开口说话了；时而看一眼那几个小孩，小孩都很安静、害羞，甚至有点吓到的样子。

“我很高兴香黛儿待会儿能看到他们，”她摸着其中一个小孩的头，说：“她没见过这些孩子呢，他们是在她走了以后生的。她很喜欢小孩。我们在乡下的那房子啊，孩子可多了。她的丈夫很讨人厌，我不应该这么说我弟弟，可是他再婚以后，就不想再看到我们。”她笑着说：“其实，我一直都比较喜欢香黛儿，胜过喜欢她丈夫！”

她又往后倒退了一步，以一种又是赞赏、又是卖俏的眼光，打量让-马克：“终于，她选中了一个男人！我今天来是要告诉您，我非常欢迎您到我们家来。要是您能来，我会感激不尽，而且也请您把香黛儿一起带来。我家的大门随时为你们而开。永远。”

“谢谢。”

“您是个大个子，喔，我喜欢这样。我弟弟个头比香黛儿小。我一直都有个错觉，她是他的妈妈。她以前都叫他‘我的小老鼠’，您懂吧，她给他取了这个女性化的绰号！我都会这样想象，”她边说边笑出声，“她把他抱在怀里，摇着他，在他耳边小声说：‘我的小老鼠，我的小老鼠！’”

她跳舞似的摇摇摆摆走了几步，把手臂抱在胸前，好像怀里抱着一个婴儿，不断地说：“我的小老鼠，我的小老鼠！”她这么摇摆了好一会儿，非要让-马克以微笑来回应。为了让她高兴，他勉强笑了一下，心里想象着香黛儿面对一个被她叫做“我的小老鼠”的男人。这位大姑子继续说话，而他摆脱不掉这个让他浑身起鸡皮疙瘩的画面：香黛儿叫一个男人（个头比她小）“我的小老鼠”的画面。

隔壁房间传来了一阵噪音。让-马克这才明白孩子没有跟他们在同一个房间里；原来这就是这些不速之客的诡计：他们看起来好像毫不起眼，却成功侵入了香黛儿的房间；刚开始还安安静静，就好像秘密部队一样，然后，悄悄地背着他们关上门，狂暴而傲慢。

让-马克很担心那些孩子不知道会怎样，可是大姑子安慰他说:“没事的。只不过是孩子嘛。他们在玩。”

“是啊，”让-马克说:“我知道他们在玩。”说着他就走到那间吵闹的房间去。大姑子的动作比他还快。她开了房门：孩子们正把一张旋转椅拿来当旋转木马玩；其中一个孩子肚子贴着椅垫，兜着转圈，其他两个孩子笑着在一边看。

“我就说吧，他们在玩。”大姑子把门关上，又说了一遍。然后，她向他使了个眼色，说:“只不过是孩子嘛。谁都拿他们没办法。真可惜香黛儿不在。我实在想让她看看这些孩子。”

隔壁房间的声音变得更喧闹、更嘈杂，让-马克再也提不起劲去叫那些孩子安静。他看见他前面站着一个香黛儿，身处聒噪混乱的一家子当中，怀里还抱着一个被她叫做“小老鼠”的男人。

这个画面又连接到另一个画面：香黛儿为了保全一个冒险的机会，不让这个可能性破灭，小心翼翼地保留着陌生的仰慕者寄来的信。这个香黛儿和以前都不一样了；这个香黛儿不是他所爱的那一个；这个香黛儿是一个假象。他心里忽然充满了一股奇怪的毁灭性的欲望，他很高兴有那些孩子来制造这些嘈杂。他恨不得他们毁了这房间，恨不得他们毁了他所爱的这个小世界，这个小世界已经成了一个假象。

“我的弟弟，”大姑子在这个时候还继续说，“对她来说太弱了，您懂我的意思吗，太弱了……”她笑着说：“……不管在哪一方面来说都是。您懂我的意思的，您懂我的意思的！”她脸上还是带着笑：“不过，我能不能给您一个建议？”

“请说。”

“一个很私人的建议！”

她把嘴巴凑过来，跟他说了某些事，她的嘴唇发出声音，可是因为太靠近让-马克的耳朵了，他反而听不清楚。

她把嘴巴收回来，笑着问：“您说呢？”

他根本都没听懂，可是他也跟着笑。

“啊，您觉得这个很有趣吧！”大姑子接着说，“我可以跟您说一大堆类似这样的事。喔，您知道吗，我们家的人彼此是没有秘密的。要是您和她出了问题，就告诉我，我可以给您一些很棒的建议！”她笑着说：“我知道用什么办法可以治她！”

让-马克心里想：香黛儿一谈到她大姑子的家庭，常常都是带着敌意。她的大姑子怎么会表现得对她这么有好感呢？香黛儿讨厌他们，到底意味着什么？一个人怎么会讨厌某些人事物，同时却又那么轻易地就适应了呢？

孩子们在旁边那个房间里肆虐，大姑子朝他们那边做了个手势，笑着说：“他们没有干扰到您，我看得出来！您和我一样。您知道，我不是一个喜欢凡事井然有序的女人，我喜欢一切都动来动去的，我喜欢事情有变化，我喜欢东西会发出声音，简单地说，我喜欢生命！”

孩子的喊叫声成了某种背景声音，他在脑子里一直思索：她很轻易就适应和她讨厌的人相处，这种能力真的值得赞赏吗？她有两面性格，真的算是占了优势吗？他一向很喜欢这个比喻：在一群做广告的人当中，她像是一个入侵者、一个间谍、一个带着假面具的敌人、一个潜伏的恐怖分子。可是，她不是恐怖分子，她比较像是 —— 如果要借用政治术语的话 —— 附敌分子。附敌分子是为一个她所讨厌的权力机构工作，而不必认同它；她为它做事，同时又和它有所分别，当有一天，要面对法官的时候，她可以为自己辩护说，她有两面性格。

35

香黛儿在门口停了脚步，显得非常惊讶，她停了几乎有一分钟，因为让-马克和大姑子都没有注意到她。这个像喇叭一样响亮的声音，她已经很久没听见了："您和我一样。您知道，我不是一个喜欢凡事井然有序的女人，我喜欢一切都动来动去的，我喜欢事情有变化，我喜欢东西会发出声音，简单地说，我喜欢生命！"

终于，大姑子的目光转移到了她的身上："香黛儿！"她叫出声来："真是想不到，对不对？"说着就急忙过来拥抱她。香黛儿的唇边感觉到她的大姑子两瓣潮湿的嘴唇。

香黛儿的出现引发了尴尬，很快地，这就被一个突然冒出来的小女孩所打破。"这是我们的小科琳娜，"大姑子对香黛儿说；然后，她又对孩子说："跟舅妈说，舅妈好"，可是孩子一点都不理睬香黛儿，只说她要尿尿。大姑子毫不犹豫地立刻带着科琳娜往过道去，进了盥洗室里，就好像这间公寓她已经很熟悉。

“天哪，”香黛儿喃喃道，趁她大姑子不在，她问道，“她怎么找到我们的？”

让-马克耸耸肩。因为大姑子把过道的门和盥洗室的门都大大敞开着，所以他们没办法多说些什么。他们听见了尿滴在马桶水里的声音，其中夹杂着大姑子的声音，她还一边跟他们说着她家里的一些讯息，这些讯息时而以对撒尿小孩的训斥作为逗点。

香黛儿想起了一件事：在乡下那间大宅院度假的时候，有一天，她在盥洗室里锁上了门；突然，有人拉了一下门把。她因为讨厌隔着盥洗室的门交谈，所以就没出声。在房子另一头有人出声安抚外面那个急躁的人，说：“香黛儿在里面！”外面那个急躁的人虽然听见了，还是扭动了好几次门把，就好像要抗议香黛儿默不出声。

尿尿的声音以后就是冲水的声音，香黛儿一直在想，乡下那栋混凝土的大宅院会把所有的声音扩散开来，使人无法分辨声音是从哪个方向传来的。她以前很习惯听见她大姑子做爱时的娇喘

(他们发出这种不必要的声音，想必是有意挑逗、撩拨，然而它所激发的却不是肉体的性欲望，而比较是精神层面的：他们好像是在示范不必隐藏任何秘密)；有一天，这些爱的娇喘又传到她的耳边，过了好一会儿，她才明白这是患气喘的老祖母发出的声音，她在这栋有回音的大宅院另一头，发着抖喘气。

大姑子又回到了客厅里。“去吧，”她对科琳娜说，科琳娜立刻跑到隔壁房间和其他两个小孩一起玩。然后，她对让-马克说：“我不怪香黛儿离开了我弟弟。也许她还应该早一点离开他。可是，我不谅解的是，她竟然把我们都忘了。”她又转而对香黛儿说：“无论如何，香黛儿，我们在你的生命里占了很大一部分！你不能否认我们，把我们擦掉，你不能改变你的过去！你的过去就是这个样子。你不能否认，当年你跟我们一起生活的时候很快乐。我来跟你这位新男朋友说，欢迎你们到我们家来！”

香黛儿听她说这些话，心里想，在她和这个家庭一起生活的那么长时间里，她都没有表现出她和他们之间的差异，以至于她的大姑子很有理由(算是很有理由)地责怪她为什么离婚后就和他们都断绝了关系。在那么多年的婚姻里，她为什么一直表现得那么和善、那么百依百顺？她自己甚至不知道该怎么解释那时候的态度。是温驯？虚伪？冷漠？还是很懂得自制？

当她儿子还活着的时候，她完全准备好接受大家庭的集体生活，在不断的监视下过日子，面对集体不成体统的行为，面对游泳池畔几乎免不了的身体裸露，面对天真无邪的杂处在同一个屋檐下，这使得她能借着一些细微而让人难堪的线索，知道在她之前有谁进过厕所。她喜欢这样吗？不，她觉得非常恶心，但是她的这种恶心是温和的、沉默的、不反抗的、顺服的、近乎和平的、带一点点嘲弄的、从来不会反叛的恶心。要是她的孩子没有死，她会这样一直过到她生命的终了。

在香黛儿的房间里，嘈杂的声音更响了。大姑子喊："安静点！"可是她的声音听起来是开心，而不是发脾气，一点都不像是要平息那些嘈杂声，反而像是帮腔助兴。

香黛儿失去了耐性，走进她的房间里。孩子们在扶手椅上攀爬，可是香黛儿注意到的不是他们；她惊呆了，她看见她的衣柜；

衣柜的门敞开着；在衣柜前面的地上，她的胸罩、她的内裤丢得到处都是，在这中间还有那几封信。然后，她才发现年纪最大的那个女孩拿一个胸罩箍着她的头发，胸罩的罩杯竖立在她头上，就像哥萨克人戴的头盔。

“您看看她！”大姑子很亲切地搭着让-马克的肩膀，笑着说，“看哪，看哪！这是化装舞会！”

香黛儿看见那些信被丢了满地。一股怒气冲上她头顶。她才离开笔迹心理分析家的办公室一个小时，那两个男人很轻蔑地接待她，而她又没办法为自己辩护，只能任由她的身体涨得通红。现在，她已经受够了自己的罪恶感：这些信对她来说不再是她应该觉得羞愧的可笑秘密；从这个时候起，它们象征的是让-马克的虚伪、他的诡诈、他的背叛。

大姑子明白香黛儿冷若冰霜的反应。她一直说话说个不停，也笑个不停，弯腰从孩子身上取下胸罩，蹲下来捡内衣。

“不要，不要，我拜托你，别管那些。”香黛儿对她说，语气很坚定。

“随便你，随便你，我是好意。”

“我知道，”香黛儿一边说，一边看着她的大姑子走到让-马克身边，靠着他的肩膀；香黛儿觉得他们在一起很相配，他们是一对很登对的情侣，是一对喜欢监视别人的情侣，喜欢窥探别人的情侣。不，她一点也不想把衣柜的门关上。她任由它大大敞开，这是掠夺过后的证据。她心里想：这间公寓是我的，而且我非常想要独处；极度地想要、极度到了顶点地想要独处。她大声把这个念头说出来：“这间公寓是我的，任何人都没有权利开我的衣柜，翻我私人的东西。不管是谁都一样。我说，不管是谁都一样。”最后这一句话冲着让-马克说的成分多一些，大姑子倒在其次。可是，为了不要在这位不速之客面前泄漏真相，她立刻把话锋都指向她：“我请你离开。”

“没有人翻你私人的东西。”她的大姑子也严阵以待。

香黛儿用头点了一下敞开的衣柜，还有撒了满地的内衣和信件，当做对她的回答。

“天哪，孩子是在玩啊！”大姑子说，而孩子们都闭起了嘴不说话，好像以他们善于察言观色的本能，也感觉到了空气中震荡着一股怒气。

“我请你走。”香黛儿又说了一次，这次她还对她指着门。

其中有一个孩子手里拿着一个苹果，那是他刚刚从桌上的盘子里拿的。

“把苹果放回去。”香黛儿对他说。

“我是不是在做梦啊！”大姑子叫出声来。

“把苹果放回去。谁说要给你的？”

“她竟然连个苹果都不给孩子，我简直是在做梦！”

孩子把苹果放回盘子里，大姑子拉起他的手，其他两个孩子也过来和他们站一边，然后他们离开了。

36

现在只有她和让-马克单独在一起，她觉得她看不出来让-马克和刚刚离开的那些人有什么两样。

“我差点儿就忘记了，”她说：“我以前买这个房子，就是为了总算能够得到自由，为了不再被别人监视，为了能把我的东西放在我想放的地方，为了能够安心，确信东西一直都在我放的那个地方。”

“我告诉过你很多次，我的位置是在那个乞丐那边，而不是你这边。我处在这个世界的边缘。而你，你处在中心。”

“你处在一个非常豪华奢侈的边缘，而你却什么也没付出。”

“我随时都准备好离开我这个豪华奢侈的边缘。可是你，你永远都不会放弃这个随合流俗的城堡，你就带着你的多重性格住在这个城堡里。”

37

一分钟以前，让-马克还想跟她解释一些事情，坦承是他在故弄玄虚，可是这四句对话使得一切的交谈都变得不可能。他再也没什么好说的，因为，真的，这间房子是她的，而不是他的；她告诉他，他处在一个非常豪华奢侈的边缘，而他却什么也没付出，这也是真的：他赚的钱只有她收入的五分之一，而他们之间的关系就是建立在彼此默认这个不平等的基础上，他们从来不去碰触这个问题。

他们两个人都站着，面对面，中间隔着一张桌子。她从皮包里掏出一封信，撕开封口，摊开信纸；这是他刚刚写给她的，才不过一个小时以前的事。她一点也不隐瞒，甚至还拿它来炫耀。她二话不说，就在他面前朗读这封她本来应该保密的信。然后，她又把信放进皮包里，几乎是冷漠地瞥了尚·马克一眼，只是匆匆一眼，然后一句话也不说走进自己的房间。

他回想她刚刚说的话:“任何人都没有权利开我的衣柜，翻我私人的东西。”真是天晓得，她怎么知道他已经知道那些信和藏信的地方。她想要向他表明她知道了他所做的这一切，而且她根本不在乎。而且，她已经决定她要以自己想要的方式过日子，不再为他烦恼。而且，从今以后，她准备在他面前读这些情书。她想藉由这种冷淡，宣告让-马克的不在场。对她来说，他已经不在这里了。她已经让他搬了家。

她在自己的房间里待了很久。他听见了里面吸尘器疾速激烈的声响，正收拾着刚刚那群不速之客留下来的一团混乱。然后她进了厨房。十分钟后，她叫他。他们坐在桌子旁边，吃着冷冷的食物。这是他们共同生活以来，第一次彼此不发一语。喔，他们用那么快的速度咀嚼食物是尝不出味道的！她再度走进她自己的房间。他不知道要干什么(什么事都没办法做)，他穿上了睡衣，躺在他们的大床上，通常，他们都是一起睡在这张床上。可是这天晚上，她都没有离开她的房间。时间一分一秒地过去，他完全无法入眠。终于，他从床上爬起来，把耳朵贴在门上。他听见了她规律的呼吸声。她这么安稳地睡眠，竟然这么容易就进入睡梦，让他心里绞痛。他就这样站了好久，耳朵贴在门上，他告诉自己，她没有他以为的那么容易受到伤害。而且，也许，他认为她比较脆弱而他比较强硬，是他自己搞错了。

其实，是谁比较强呢？当他们两个人都站在爱情国度里的时候，也许真的是他强。可是，一旦爱情的国度从他们脚底下消失了，她则是强者，而他是弱者。

38

在她狭小的床上，她没有如他所想的睡得那么好；这个睡梦被打断了一百次，其中充满片片段段的梦境，荒诞无稽、毫无意义又不连贯，一幕幕让人不愉快、让人难受的色情梦境。每一次她从这一类梦中醒来，就觉得浑身不自在。看吧，她心里想，这就是女人生命里的一个秘密，每个女人生命里都有的一个秘密：白天里，所有的忠实、清白、纯洁的誓言，都因为暗夜里的颠倒梦想而变得可疑。在我们这个世纪里，人们不会因为夜里的梦而觉得受到侵犯，可是香黛儿很乐于想象克莱芙王妃[①]，或是贝尔纳丹·德·圣皮埃尔[②]笔下的贞女薇吉妮，或是阿维拉的圣德肋撒[③]，或是我们这个时代的特蕾莎[④]修女，她流着汗，为了行善奔走全世界；香黛儿很乐于想象她们的夜晚像个败德的垃圾场，不可告人、虚幻不实、愚蠢昏昧，一到白天就变得圣洁、品德高蹈。而她自己的夜晚就是这样的光景：她会醒过来好几次，每次都是在和很多她不认识的讨厌男人诡异的一起狂欢之后醒过来。

早上很早的时候，她就起来穿衣服，不想再掉进那些污秽的欢愉快感里，而且，她还拿了一只小皮箱，收拾短程旅行要用的一些必需品。她刚收拾好，就看见让-马克穿着睡衣，站在她房门口。

“你去哪里？”他问她。

“去伦敦。”

“啊？去伦敦？为什么要去伦敦？”

她很平静地说：“你很清楚为什么要去伦敦。”

让-马克脸红了。

她又说了一次：“你很清楚，不是吗？”她看着他的脸。这次是她看着他脸红，对她来说是一大胜利！

---

① Princesse de Clèves，法国作家拉法耶特夫人（1634—1693）小说的主人公。

② Bernardin de Saint-Pierre（1737—1814），法国作家。

③ Teresa de Avila，西班牙修女，天主教圣女之一。

④ Teresa of Calcutta（1910—1997），天主教慈善工作者，1979年诺贝尔和平奖得主。

他双颊火红，说:“不，我不知道你为什么要去伦敦。”

她一直瞅着他看，看着他的脸红彤彤的。

“我们要在伦敦办一个研讨会，”她说，“我是昨天晚上才知道的。你很清楚我昨天没有机会跟你说，也没有心情跟你说。”

她认为他一定不相信她说的，而且，她很高兴她的谎言可以很容易被识破、可以这么没有廉耻、这么放肆、这么充满敌意。

“我已经叫了出租车。我要下楼了。车子随时会到。”

她对他微微一笑，就好像以微笑来代替说“再见”，或是“永别了”。而且，在最后一刻，她做了一个动作，这动作就好像是违背了她的意愿一样，就好像是她不由自主做出来的一样，她把右手贴在让-马克的脸颊上；这个姿势很短暂，只维持一两秒钟，然后她就转身离开了。

39

他的脸颊还感觉得到她手的碰触，更准确地说，是三根手指指尖的碰触，而且留下了冷冷的印迹，就好像摸到了青蛙之后的感觉。她的抚摸一向都是缓慢的、平和的，他觉得她好像想把时间拉长。当这三根指头一霎时碰触到他的脸颊时，这不是一个抚摸，而是一声召唤。就好像在她快要被暴风雨攫住、被浪潮卷去的那一刻，她只有一个转瞬即逝的姿势，好像在说："不过，我来过一遭！我曾经在那儿经历过！不论以后发生什么事，别把我忘记！"

他动作机械地穿上衣服，心里想着他们刚刚提到伦敦时的对话。"为什么要去伦敦？"他这么问，而她的回答是："你很清楚为什么要去伦敦。"这很明显是影射他在最后一封信里提到的离别。这句"你很清楚"表示：你知道那封信。可是这封信，她才刚从信箱里拿到，只有发信人和她知道这件事。换句话说，香黛儿已经拆穿了可怜的西拉诺的假面具，而且她想对他说：是你自己邀我到伦敦去的，所以，我照你的话做。

可是，如果她已经猜到了他就是写信的人（天哪，天哪，她怎么猜得出来呢？），她为什么会把这件事看得这么恶劣？她的态度为什么会这么残酷？要是她都猜到了，为什么她没猜透他写匿名信的原因所在？她在怀疑什么？在所有这些疑问背后，他只确定一点：他不了解她。而她，同理可推，也一样什么都不了解。他们心里所想的往往背道而驰，他觉得他们的想法永远不会有交集。

他所感受到的痛苦不想得到抚慰，相反，它想要伤口恶化，而且要在众目睽睽之下，把它像不合乎公理正义的标记一样带在身上。他没有耐心等香黛儿回来，好向她解释这之间的误会。在他内心深处，他很清楚这是唯一合宜的举止，可是痛苦不想要听道理，它有它自己的道理，就是不讲理。它不讲理的道理就是，要让香黛儿回来发现公寓里空无一人，他人已经离开了，就依照她所宣告的，她要独处，不要被人窥探。他把几张钞票放进口袋里，这是他所有的钱了，然后他犹豫了一会儿，想一下要不要把钥匙带走。最后他把它放在入门的小桌子上。当她看见这些钥匙，她就明白他再也不会回来了。只有几件外套、衬衫放在衣橱里，只有几本书还搁在书架上，留在这里当做回忆。

他离开了，不知道自己接下来要做什么。重要的是，离开这间不属于他的公寓。先离开，再决定然后要到哪里去。只有到了街上以后，他才会让自己去想这个问题。

可是当他走到楼下，他突然有一种脱离现实的奇怪感受。他必须在人行道上停一下，才能好好思索。去哪儿呢？他脑子里有各种矛盾的想法：他有一些务农的亲戚住在佩里戈尔，他们一向都很热诚地接待他；或是待在巴黎随便找家便宜的旅馆。当他还想不出个所以然的时候，一部出租车停在红灯前。他对出租车招了招手。

40

在路上，当然没有什么出租车在等她，香黛儿要去哪里根本一点主意也没有。她做这个决定完全是因为她的心很乱，克制不住自己，临时随口编出来的。这个时候，她只想要一件事：至少一天一夜不要看到他。她还想到了去住旅馆，就住在巴黎的旅馆，可是她立刻就觉得这很可笑：一整天她要做什么？在马路上闲逛，呼吸市井间的臭气吗？把自己关在房间里吗？在房间里干什么呢？接着她又想到了搭一辆车子到乡下去，说不定可以很凑巧地找到安静的处所，停留个一两天。可是哪里呢？

她不知道怎么走着走着就来到了一个公交车站。她心里想，就坐上第一班经过的公交车，任由它载到终点站吧。一辆公交车停了下来，她很讶异，看见公交车上标明的停靠站，竟然有北站。开往伦敦的火车就是从这个火车站发车的。

她觉得这种巧合是经过筹谋的，一步步地诱导着她，她想说服自己这是一个好心的仙女要来救她。伦敦：她之所以告诉让-马克，她要去伦敦，其实只是想让他明白她已经知道他玩的把戏了。现在，她心里起了个念头：也许让-马克会把去伦敦这件事当真；也许他会到火车站找她。在这念头之后，她心里又起了另一个念头，比较微弱，仿佛是一只小鸟的声音一样，只略略听得清楚：要是让-马克到车站去，这一场可笑的误会就可以冰释了。这个想法像是一种抚慰，可是这个抚慰太短促了，因为不一会儿，她又开始抵挡他，把一切感伤的愁绪都推开。

可是，她要去哪里呢，她要做什么呢？要是她真的启程到伦敦去，那又会怎样？要是她就让她的谎言成真，那又会怎样？她想起了她的小记事本里一直都有那位“不列癫人”的地址。“不列癫人”：他已经几岁了？她知道，再和他碰面是世界上可能性最低的事。那又怎样呢？那更好。她到了伦敦，就四处去散散步，租一个旅馆房间，明天再回巴黎。

接下来这个念头又让她不开心：离开家以后，她以为找回了独立自主，但是事实上，她任由自己被一股莫名的、无法掌控的力量带着走。出发到伦敦去，这个想法太疯狂，是一些荒唐的巧合诱使她做这个决定的。为什么她会认为这些巧合是刻意为她预备的？为什么她会觉得是个好心的仙女？要是这个仙女心存恶意、图谋不轨要对她不利呢？她下定决心：当公交车停靠在北站的时候，她不下车；她要继续坐到下一站。

可是当公交车停下来的时候，她很讶异自己也跟着下车。而且，她也朝着火车站大厅走去，好像是被吸进去的一样。

在开阔的大厅里，她看见有一座大理石阶梯通往高处，通到一间候车室，旅客在那间候车室等候开往伦敦的火车。她想去看看时刻表，可是还没来得及走过去，就先在一片笑声中听见了有人喊她的名字。她停下脚步，看见她的同事聚集在那座阶梯下面。这些同事知道她看见了他们以后，笑得更大声。他们就像中学生一样，开了个无伤大雅的玩笑，来个非常戏剧性的一幕。

“我们知道该怎么做，才能让你和我们一起去！要是你知道我们在这儿，你一定和平常一样找各种借口推托，不会来！你啊，真是个个人主义者！”他们又一起哄然大笑。

香黛儿知道勒鲁瓦计划在伦敦办一场研讨会，可是原定三个礼拜以后才举行。他们怎么今天就在这里出现？她又一次有种奇怪的感觉，觉得现在这一切都不是真的，不可能是真的。可是这个惊讶立刻被另一个惊讶取代了：和她自己设想的完全相反，她的同事出现在这里，她真的是发乎内心地感到高兴，非常感谢他们为她预备了这个惊喜。

走上阶梯的时候，一位年轻的女同事挽着她的手臂，她心里想，让-马克一直都在拉她脱离原本就应该属于她的生活。她听见他说："你处在中心。"还说："你待在一个随合流俗的城堡里。"而她现在会这么回答他：没错。而且你不能阻止我待在这里！

置身在一群群旅客当中，她年轻的女同事一直和她手臂勾着手臂，带她到警察检查哨去，这个警哨就位于另一座往下通往月台的阶梯前。她好像出了神似的，继续和让-马克无声地争辩，她丢了一句话给他：你基于什么论点来判定随合流俗就是不好，不随合流俗就是好的？随合流俗不是能够和别人更贴近吗？随合流俗，不就像是一个大聚会的所在吗，一个可以集结众人让生命更浓稠、更炽热的大聚会的所在吗？

从阶梯的高处，她看见了开往伦敦的火车，很现代化、很有品位，她心里还在想：无论出生在这个世界是幸运还是不幸，度过人生最好的方法，就是任由自己被带着走，就像我此刻这样，被一群开开心心、闹哄哄的人推着往前走。

41

坐在出租车里，他说："去北站！"这是真实的一刻：他能离开公寓，他能把钥匙丢进塞纳河里，睡在街头，可是他没有力量远远地离开她。到车站去找她，是个绝望的举动，可是到伦敦去的火车是唯一的线索，是她留给他的唯一线索。让-马克不可能放过这条线索，不管这引导他到正确的道路上的可能性有多低。

他抵达车站的时候，开往伦敦的火车已经到站了。他四步并做一步地爬上了阶梯，买了票；大部分旅客都已经剪票进站了；在月台入口，有人严格把关，他是最后一个进入月台的；整列火车沿线，都有警察带着德国牧羊犬一起巡逻，这些牧羊犬都受过嗅寻炸弹的训练；他上车的那节车厢，里面载满了脖子上挂着照相机的日本人；他找到了他的位子，坐下来。

这个时候，他突然觉得他这一切行为荒谬极了。十有八九，他要找的女人并不在这班火车上。再过三个小时，他人就会在伦敦，而他不知道自己去那里做什么；他身上的钱只够买回程的车票。他一时慌了手脚，站起来往月台的方向去，心里朦朦胧胧地想着要回家。可是没有钥匙怎么回去？他把钥匙放在进门的小桌子上。现在头脑清醒了一点，他很明白他这个举动不过是滥情的蹩脚戏，只演给他自己看：女管理员有另外一副钥匙，她当然会把钥匙给他。他很犹豫，看着月台的另一边，看见所有的出入口都关闭了。他拦下了一位站务员，问他怎么离开这里；站务员向他解释，已经不能出去了；为了安全起见，一旦上了车，就不可能下车；所有的旅客应该留在车上，就像是每个人要拿自己的生命来担保他没有放炸弹；有一些宗教恐怖分子，还有一些爱尔兰恐怖分子；他们都梦想在海底隧道里制造一场大屠杀。

他又回到车上，一位查票小姐对着他微笑，车上所有的服务人员都在微笑，他心里想：就是像这样有越来越多、越来越深的微笑伴随着这艘火箭，奔赴死亡隧道；在这艘火箭里，坐满了和无聊作战的兵士：美国观光客、德国观光客、西班牙观光客、韩国观光客，他们都准备好冒生命的危险进行这场大征战。他坐了下来，火车一启动，他就离开座位，去找香黛儿。

他走进一节头等车厢里。在走道的一侧，只设置了一张一人座的座位，另一侧，则有一张两人座；在这节车厢的中间，有几张座位转了向，转成面对面的对座，有好几位乘客坐在那儿一起高声交谈。香黛儿就在那群人当中。他看见她的背影：他认得那深深触动他的身形，以及她挽着过时的发髻充满谐趣的头。她坐在靠窗的位子，生气勃勃地和大家一起热烈交谈；其他人应该就是她办公室的同事了；所以，她并没有骗他？虽然好像很不可能，可是，这是真的，她没有说谎。

他站在那里不动；他听见了好几个人的笑声，其中他分辨得出来香黛儿的笑声。她很开心。的确，她是很开心，而这让他痛苦难当。他看她的肢体语言非常生动活泼，那是他很陌生的一面。他听不见她说的话，可是他看见她的手很使劲地举起又放下；这只手，他发现自己根本认不出来；那是另外一个人的手；他所感受到的，不是香黛儿背叛了他，而是另外一回事：他感觉她不再为了他存在，她到别的地方去了，在另外一个人生里，要是他遇见她，他不会认得她。

42

香黛儿以一种吵架的声调说:“可是，一个托洛斯基派分子怎么会变成一个有信仰的人？逻辑在哪里？”

“亲爱的小姐啊，您听过马克思那句名言吗？改变世界。”

“当然。”

香黛儿坐在靠窗的位子，对面坐着他们办公室里最年长的一位女同事，这位雍容华贵的女士指头上戴满了戒指；坐在这位女士旁边的勒鲁瓦继续说:“不过，我们这个世纪让我们了解到一项重大的事实：人没有能力改变世界，也永远不可能改变它。这是我作为一个革命者，从经验里得到的基本结论。其实，这个结论每个人都同意，只是没有说出来而已。不过，另外还有一个结论更深奥。它属于神学的范畴，这个结论是：人没有权利改变上帝创造的世界。我们必须严格遵守这个律令。”

香黛儿兴味盎然地看着他：他说话的样子不像老学究，而像个挑衅者。这是香黛儿喜欢他的地方：一个男人冷酷无情的声音，他把他所做的一切都变成一种挑衅——一种革命者、或是前卫人士所拥有的神圣传统；就算他所说的是最习以为常的通俗真理，他也永远不会忘记“吓吓那些资产阶级”。然而，当这些最具挑衅性的真理（“把资产阶级架上刑场的木桩！”）获得权力的时候，不就成了最习以为常的真理吗？不管任何时候，成规都有可能变成挑衅，挑衅有可能变成规。重点是，每一种态度都要有坚持到底的意志力。香黛儿想象着，勒鲁瓦在一九六八年学生运动喧喧腾腾的聚会上，以他聪明、合乎逻辑，而且冷酷无情的方式，零零碎碎地贩卖一些格言，任何来自常理的反抗在这些格言面前都会溃不成军：资产阶级没有生存的权利；工人阶级不懂的艺术应该要消失；为资产阶级效劳的科学是没有价值的；教这些东西的人，应该把他们赶出大学；与自由为敌的人不应该享有自由。他大声宣扬的句子越是荒谬，他越是觉得骄傲，因为这需要很高的聪明才智，才能在没有意义的观念里注入一个合理的解说。

香黛儿回答他：“我同意您的说法，我也认为所有的改变都只有害处。因此，我们的责任就是保护世界抵挡一切改变。唉，世界不知道该怎么样停止改变，脱离这条疯狂的轨道……”

“……然而，人只不过是一个简单的工具，”勒鲁瓦打断她的话说：“火车的发明，其中就隐含了发明飞机的种子，而且无可避免地，它又会引导出太空火箭的发明。这样的逻辑就蕴含在每一件事物里，换句话说，这就是神圣计划的一部分。就算您把人的属性改变成另外一种样貌，从自行车到太空火箭的演化，仍然会维持它原来的进程。这一场演化，人类不是创始的发明者，而只是个执行者。甚至只是一个渺小可怜的执行者，因为他不了解他执行这件事情的意义。这个意义，不属于我们，只属于上帝，我们只不过是在这里遵行他的旨意，做他眼中视为好的事。”

她闭上眼睛：“混杂”这个温柔恬静的字眼出现在她的脑海里，而且浸润了她；她默默地对自己说：“观念的混杂。”完全对立的思想态度怎么会并存在同一个脑袋里，就好像两个情妇睡在同一张床上？以前，这种事几乎会让她恼火，可是现在，却让她觉得高兴：因为她知道，勒鲁瓦以前说的和今天所说的之间的矛盾，根本不是重点。因为所有的观念是等价的。因为所有的断言，以及所有的立场都具有同样的价值，能够互相摩擦、相互交叠、相互抚摸、相互混淆、相互缠绕、相互触探、互相交配。

一个温和而微微颤抖的声音在香黛儿的面前发出来："可是照这么说，我们为什么来到这个尘世？我们活着是为了什么？"

这句话是坐在勒鲁瓦旁边的那位雍容华贵的太太说的，她一向喜欢勒鲁瓦。香黛儿幻想着，勒鲁瓦现在被两个女人包围，而他必须在这两个人当中做选择：一位罗曼蒂克的女士和一位愤世嫉俗的女士；她听见那位女士小声恳求，说她不想抛弃她美好的信仰，可是在同时（这是香黛儿自己胡乱幻想的）她又有一种隐密的欲望，想要看到她所护卫的信仰被她心目中的英雄、被这位恶魔附身了的英雄打倒在地，在这个时候，这位英雄转过来对她说话：

"我们活着是为了什么？我亲爱的夫人，为了把我们的肉身贡献给上帝。因为《圣经》里并没有要我们去找生命的意义。它要我们生养众多。彼此相爱，以及生养众多。您要知道：'彼此相爱'

的意义是以‘生养众多’来定义的。这个‘彼此相爱’所意味的，一点也不是慈悲为怀、同情怜悯、精神上或是激情的爱，而很简单的就是：‘做爱！’、‘交媾！’……(他让自己的声音更轻柔，而且弯腰向着她)……‘干！’(真像是个虔诚、驯良的门徒，这位女士注视着他的眼睛。)‘就是在这件事情上，而且也唯有在这件事情上，蕴含着人类生命的意义。其余的，都是狗屎。’”

勒鲁瓦的推理生硬得像把刮胡刀，不过香黛儿倒是同意：当爱情是两个人之间的狂恋爱慕时，爱情就会要求坚贞，要求只把感情维系在一个人身上——不，这种坚贞纯一并不存在。就算存在，也只会像是一种自我惩罚，自愿失明，隐遁到修道院里去。她心里想，要是它存在，爱应该就不存在。而且，这样的观念不会让她觉得心酸，相反，反而有一种幸福至乐的感受扩散到她全身。她想到了她那个玫瑰花的意象，想要遍及所有男人的想象，而且她心里想，她以前是活在一种爱的隐遁状态里，而她现在准备要遵行玫瑰花的神话，而且准备把自己化入它令人痴迷的香味里。她想到这里，蓦然想起了让-马克。他还在家里吗？他出去了吗？她不带任何情绪地想，就好像她在想罗马有没有下雨，或是伦敦的天气好不好。

然而，无论让-马克对她来说是多么无关紧要，对他的回忆还是让她不自主地回头探看。在车厢的尽头，她看到一个人转过身走到隔壁的车厢里。她觉得她似乎看到了试图要躲开她目光的让-马克。那真的是他吗？她没去找答案，反而把眼睛转向窗外：外面的景色越来越难看，田野越来越灰扑扑，而越来越多、越来越大的铁制高塔、水泥建筑和电线，一个接着一个地刺穿平原。扩音器在广播说，再过几秒钟，火车就要开到海下去。事实上，她看见了一个圆圆、黑黑的洞，火车像蛇一样即将钻进去。

43

“我们要下去了。”那位雍容华贵的女士说，从她的声音听得出来兴奋中带着一点恐惧。

“下到地狱去。”香黛儿接着她的话说，她心里想象着，勒鲁瓦有意让那位女士显得更天真、更讶异、也更恐惧。现在她觉得自己是他的魔鬼似的帮凶。她津津有味地想象着，她自己把这位雍容华贵、腼腆的女士带去给他，带到他的床上去，在她的想象中，这不是伦敦豪华旅馆里的床，而是个放置在火中、在呻吟中、在烟气与群魔中的平台。

窗外再也没有什么好看的了，火车进入隧道，香黛儿有种远离了她大姑子、远离了让-马克的感觉，远离了所有的监视、所有的窥探，远离了她的生活，那黏着她、重重压着她的生活；有几个字浮现在她的脑海:“不见影踪”，她很惊讶，这趟通往失落遗忘的旅程一点也不阴郁，反而是在她玫瑰花的神话保护之下，甜蜜而愉快。

“我们越下越深了。”那位女士不安地说。

“那里，就是真理所在之处。”香黛儿说。

“那里，”勒鲁瓦添油加醋地说：“就是您问题的答案：我们活着是为了什么？生命的本质是什么？”他盯着那位女士看：“生命的本质，就在于延续生命：也就是生育，而在这之前，是交媾，而在交媾之前，是诱惑，也就是说亲吻、头发在空中飘扬、剪裁合宜的三角裤、胸罩等等，然后所有使得人们适合于交媾的东西，换句话说就是吃食，不是精致的美食这种不再有人珍惜的无用之物，而是每个人都会买的食物，吃下去后会排泄出来，因为您知道，我亲爱的女士、我美丽可爱的女士，您知道，在我们的职业里，赞美卫生纸和尿片占了很重要的位置。卫生纸、尿片、洗衣粉、食物。这是人类神圣的循环，而我们的任务不只是把它揭露出来、捕捉住它、划定它的界限，而且还要美化它、把它转化成一种颂赞。因为受到了我们的影响，目前卫生纸几乎只有粉红色一个颜色，这个事实真的是十分有启发性，所以，我亲爱的、焦虑不安的女士，我建议您好好地想想这件事情。”

“可是，这真是悲哀，真是悲哀啊，”这位女士说，她的声音颤抖，就像是被强暴的女人在呻吟，“只是这样的悲哀被美化了！我们都是美化悲哀现实的化妆师！”

“对，没错。”勒鲁瓦说，而且香黛儿从这声“没错”里，听出他从这位雍容华贵女士的呻吟里得到了乐趣。

“可是这样的话，生命的崇高伟大之处何在？要是我们注定只能吃吃喝喝、交媾、用卫生纸，那我们人是什么呢？而且，要是我们的能力仅限于此，那我们是具有自由意志的个体这件事——就像人家告诉我们的那样——有什么可骄傲的呢？”

香黛儿看着这位女士，心里想，在狂欢聚会上，她会是最让人梦寐以求的受害者。她想象，有人剥了她的衣服，有人用锁链拴住她雍容华贵的衰老身体，有人会强迫她大声呻吟，要她一再复述她天真稚气的真理，而所有人都在她面前交媾、尽情卖弄……

勒鲁瓦打断了香黛儿的幻想，他说：“自由？当您活在您的悲哀里的时候，您能让自己快乐，也能让自己不快乐。您的自由就包含在这样的选择里。您可以带着挫败的情绪，或是带着欢喜的心情，自由地把您的个性溶化在一口大锅里。我们的选择，我亲爱的女士，是选择带着欢喜的心情。”

香黛儿感觉到自己脸上不由自主地勾画出了一个微笑。她牢牢记住了勒鲁瓦刚刚说的话：我们唯一的自由，就是在痛苦悲伤和欢喜愉快之间做选择。所有的一切都没有意义，是我们注定的命运，千万不要把它当做重担来背负，而应该知道如何从中得到乐趣。她看着勒鲁瓦沉着镇定的脸，他脸上散发着一种既迷人又邪恶的聪明机巧。她很有共鸣地看着他，可是不带任何欲望，而且她告诉自己（就好像她用手扫掉她之前的胡思乱想），他一向都是如此，会把他所有的男性力量都转化成一种锐利的逻辑推理，转化为一种职权，在工作上用来指使他的属下。她心里在盘算，待会儿下火车的时候她该怎么做：她要趁着勒鲁瓦继续用他的论调来吓唬那位爱慕他的女士时，偷偷溜到电话亭里消失，然后完全躲开他们这群人。

44

日本人、美国人、西班牙人、俄国人，都在脖子上套着一台照相机，从火车里走下来。让－马克努力尾随着香黛儿，生怕跟丢了。四散广布的人潮突然都聚拢了过来，消失在月台下的一座电梯上。在这座电梯的下方，在候客大厅里，有一些人带着摄影机跑了过来，后面还跟着一群看热闹的人，这些人挡住了他的去路。从火车上下来的乘客不得不停下脚步。当一群孩子从侧边的另一座阶梯下来的时候，现场响起了一阵鼓掌声、欢呼声。这群孩子头上都戴着各种不同颜色的头盔，好像是一个运动队——摩托车手或是滑雪选手之类的。他们是大家追逐拍摄的对象。让－马克踮起脚尖，越过一颗颗攒动的头，搜寻着香黛儿的身影。终于，他看到她了。她在那一队选手的另一侧，在一个电话亭里。话筒贴着耳朵，说着话。让－马克努力挤出一条路来。他撞到了一位摄影师，那人很生气，踢了他一脚。让－马克也用手肘顶了他一下，害他差点儿把摄影机摔到地上。一位警察走了过来，勒令让-马克静候整个拍摄过程结束。就在这个时候，在这一两秒钟的时间里，他的眼睛接触到了正要从电话亭出来的香黛儿的目光。他又一次挤入人群，想要冲破人墙。警察使劲地扭着他的手臂，痛得让-马克弯下腰，失去了香黛儿的影踪。

最后一个戴头盔的孩子走过去了，这时候警察才松开手，让他走。他又朝电话亭看，可是那里没人了。在他旁边，有一群法国人停下了脚步；他发现是香黛儿的同事。

“香黛儿在哪里？”他问一个年轻女孩。

她用一种谴责的口气回答：“应该知道她下落的人是您！她本来还很高兴的！可是我们一下车她就不见了！”

另外一个更胖一点的女孩不高兴地说：“我刚刚看见您在火车里。您跟她比手势。我都看见了。您把事情都搞砸了。”

勒鲁瓦出声打断他们：“我们走！”

年轻的女孩问：“那香黛儿呢？”

“她知道地址。”

“这位先生，”那位手指上戴满戒指的雍容华贵的太太也出声说话了，“他也在找她。”

让-马克知道勒鲁瓦跟他打过照面认得他的脸孔，就像他也认得他的脸孔一样。他对他说：“您好。”

“您好。”勒鲁瓦回答，又笑着对他说，“我刚刚看到您和他们在那边扭打。以寡击众。”

让-马克觉得，他从他的声音里感受到了同情。在他沮丧的心境下，这就像有人伸出一只手让他攀住；这就好像是一星火花，在这一秒钟的时间里向他承诺了友谊；两个男人之间的友谊，两个彼此不相识的男人，只因为骤然感受到一股同情的了解，就愿意彼此援助。就好像是一个美好而古老的梦落在他的身上。

他很信任地问对方：“您能告诉我你们住哪家旅馆吗？我想打个电话，问问香黛儿在不在那儿？”

勒鲁瓦沉默不言，过了半晌，他问：“她没有告诉您哪家旅馆吗？”

“没有。”

“这样的话，只好跟您说抱歉了。”他很友善地说，几乎还带着一点遗憾，“我不能告诉您是哪家旅馆。”

熄灭了，那星火花黯淡了下来，让-马克又一次感觉到他肩膀上的疼痛，那是刚刚警察扣住他的后遗症。他孤零零地离开了火车站。不知道要到哪里去，只好在街上漫无目的地游走。

他一边走，一边从口袋掏出钞票，他又把这些钱数了一次。只够他回程的车资，再多就没有了。要是他现在决定，他可以马上启程回去。当天晚上他就能回到巴黎。显然，这是最合理的解决方法。他待在这里干什么？他没什么事好做。可是，他不能离开这里。他没办法下定决心离开。只要香黛儿还在伦敦，他就不能离开这里。

可是，如果他要把钱留下来付回程的车资，他就不能住旅馆，不能吃饭，甚至连买个三明治都不能。他要睡在哪里呢？这时候，他突然明白他以前常对香黛儿说的话，现在终于得到了确认：在他最深的内在召唤里，他是个边缘人，是一个生活舒适安逸（这一点都不假）、只有在状况不明的一段短时间里才能如此生活的边缘人。突然间，他又如其所然，复归他所属的那群人中间：和那些没有片瓦可以遮孤蔽寒的穷人在一起。

他想起了他和香黛儿的几次谈话，他有种孩子似的幼稚心理，很想要她现在就出现在他面前，好让他对她说：你知道了吧，我之前说的有道理，这一点也不是装出来的，我真的就是我这个样子，一个边缘人，一个无家可归的人，一个流浪汉。

45

天色暗了下来，四周的空气变冷。他来到了一条街上，一边是一排房子，另一边是一座公园，外面围着黑色的栏杆。这儿，沿着公园的人行道上，有一张木头长椅；他坐了下来。他觉得非常疲倦，很想把双腿缩到椅子上，平躺下来。他心里想：一定就是这样开始的。有一天，就这样把双腿缩到椅子上，然后天黑了，然后睡着了。就是这么一天，就这样加入了流浪汉，成为他们其中的一分子。

这也就是为什么，他使尽力气，不让自己流露出疲态，努力坐得直挺挺的，像是课堂里的好学生。在他背后有几棵树，而在他前面，在马路的另一侧，有一排房子；房子的外观都一样，白色的，两层楼，在入口处有两根柱子，每一层楼都有四扇窗。这条路人很少，他很专心地注视着每一个经过的路人。他决定要一直待在这里，直到他见到香黛儿。等待，是他唯一能为她、为他们两个人做的事。

突然，在右边三十来米的地方，有一间屋子的灯全亮了，屋子里，有人拉上了红色的窗帘。他心里想，有一帮上流社会的人在那里举办一场宴会。可是他很吃惊，并没有看到什么人进去；是不是那些人早就都在里面了，只是到刚刚才把灯打开？或者可能是，他自己不知不觉睡着了，没看到那些人来？我的天哪，难道，在他刚刚睡着的时候，错过了香黛儿？立刻，他疑心是一个放荡聚会的念头把他击垮了；他听见了那句话："你很清楚为什么要去伦敦"；而这一句"你很清楚"，突然被另一道光线照亮了：伦敦，是英国人的城市，是不列颠人的城市，是"不列癫人"的城市；她刚刚在火车站是打电话给他，她是为了他躲开勒鲁瓦、躲开她的同事、躲开他们所有人。

他心里充满了嫉妒，让他痛苦不堪、极度嫉妒的，不是他在敞开的衣柜前所感受到的那种抽象的、精神上的嫉妒（那时他问自己一个完全理论性的问题：香黛儿背叛他的能力），而是他在青春年少时就了解的那种嫉妒，那种会刺穿他身体、会让他痛苦、无法忍受的嫉妒。他想象，香黛儿乖乖听话地、一往无悔地和很多人搅和在一起，而他再也受不了这些想象。他站起来，跑到屋子那边去。那屋子的门，整个都是白色的，还有一盏灯照明。他转动门把，门开了，他进去，看见一座铺着红地毯的楼梯，听见楼上传来喧哗声，上了楼，来到二楼宽敞的楼梯间，楼梯间那一整面宽幅的墙，架着一根长长的金属杆，上面挂满了大衣，不过也有几件女人的衣裙，和几件男人的衬衫（他的心口又被重重击了一下）。他怒气冲冲地拨开这些衣服，从中间走过去，接着就看到了一个有两扇门扉的大门，这大门也是白色的，就在这个时候，有一只手用力往他疼痛的肩膀拍了一下。他转过头，感觉到一个强壮的男人呼吸出来的一股热气吹在他的脸颊上，这个人穿着T恤，手臂上有刺青，他用英文对他说话。

他使劲想要挣脱这只手，这只手却抓得他越来越痛，而且一直把他往楼梯推。在楼梯口，他极力反抗，身体突然失去了重心，到了最后的紧要关头，他才好不容易抓住楼梯扶手。他打不过那个人，只好慢慢走下楼梯。那个刺青的人跟在他后面，当让－马克停在门口犹豫的时候，他用英文喊了几个字，举起手臂来，命令他离开。

46

很久以来，放荡聚会的影像经常都伴随着香黛儿，在她乱七八糟的梦里、在她想象的画面里，甚至在她和让-马克的对话里，有一天（那已经是很久以前了），他曾经对她说：我很愿意和你一起去参加，可是有一个条件：到了狂欢的最高潮，每个参加的人都变形为动物，有的变为母羊、有的变为乳牛、有的变为山羊，当这一场狄俄尼索斯的狂欢聚会变成了一幅乡野景象的时候，我们两个人要在这一群动物之间，扮演牧羊人和牧羊女的角色。（她觉得这一幅田园的奇想很有趣：可怜这些来参加放荡聚会的人，争先恐后地涌进邪恶之屋，不知道他们待会儿离开时会变成乳牛。）

她周围尽是些一丝不挂的人，而这个时候，她喜欢母羊甚于喜欢人。她不想再看到其他人，就把眼睛闭了起来：可是在她眼皮后面，她一直能看到那些赤裸裸的人，他们的生殖器挺举了起来、缩小了、变大了、变细了。这使她想到了田野的景象，田野上有蚯蚓竖立起来、弯曲、扭动、垂落下来。接着，她看到的不是蚯蚓，而是蛇；她觉得很恶心，可是，还是会让她亢奋。只是，这种亢奋不会让她有想要做爱的欲望，相反的，她越是亢奋，越觉得恶心，因为她自己的这种亢奋让她了解到她的身体不属于她，而是属于一个烂泥巴遍布的田野，一个满是蚯蚓和蛇的田野。

她睁开眼睛：有个女人从隔壁房间朝着她的方向走过来，停在敞开的大门前，以一种带着诱惑的眼神打量香黛儿，就好像她想把她从这个男性无聊至极的事端中救出来，把她从蚯蚓的国度里救出来。她很高大，体格很好，脸庞美丽，还有一头金发。正当香黛儿要响应她无声的邀请时，这位金发女郎噘圆嘴巴，让口水流了出来；香黛儿好像用一个高倍放大镜看这个嘴巴：口水是白色的，里面有许多小气泡；这个女人把口水沫子在嘴巴里一会儿吸一会儿吐的，就好像她要挑逗香黛儿，就好像她要给她温柔、湿润的吻，让她们彼此消融在对方里。

香黛儿看着从她嘴唇间渗出来的口水，口水呈小水珠状、抖动着，她的厌恶变成了恶心。她转过身去，想要偷偷溜走。可是，那个金发女郎从后面抓住了她的手。香黛儿挣脱开来，快走几步想逃走。她又感觉到金发女郎的手抓着她的身体，她死命地奔跑。她听见了这个追逼她的女人的呼吸声，无疑，她一定是把她的逃脱当做挑逗的色情游戏。她掉进了陷阱里：她越是努力逃脱，越是让金发女郎亢奋，她引来其他迫害者，把她当猎物一样追逼。

她从一条通道跑走了，听见她背后有脚步声。追逐她的那些人让她很厌恶，厌恶到一个程度以后，恶心的感觉很快就变成了恐惧：她拼命地奔跑，就好像她要保住自己的命似的。通道很长，尽头是一扇敞开的门，通往一间铺着地砖的小房间，房间角落有扇门；她开门进去，又关上门。

在黑暗中，她人靠在墙上，让自己喘口气；然后，她在门边摸了摸，开了灯。这是一间小储藏室：一台吸尘器、几支扫把、几把拖把。地上，在一堆抹布上面，有一只狗，卷成一只球。现在再也听不到外面有任何声音，她心里想：变形为动物的时候到了，我终于得救了。然后她很大声地问那只狗："你是这些人里面的哪一位？”

突然，她很错愕自己会说这样的话。我的天哪，她问自己，我哪来的这种念头啊，在放荡聚会后，人都会变形为动物？

真是奇怪：她一点也不知道这念头是从哪儿来的。她在记忆中搜寻，可是没有结果。她只感觉到一种轻柔恬适的感受，此外就没有什么具体的回忆了，这种感受是一种奥妙、无法解释的欣喜快乐，仿佛来自远方的救赎。

突然，突如其来地，门被推开来。一个黑女人走进来，她个子很小，穿着绿色的罩衫。她瞄了香黛儿一眼，看起来一点也不吃惊，但是这匆匆的一眼有鄙夷的神色。香黛儿往旁边挪了一步，好让她去拿吸尘器，带着它出去。

所以她更靠近狗了，狗露出了尖牙，低沉嗥叫。恐惧又一次袭上她心头；她离开了那里。

47

她来到通道上，心里只有一个念头：找到楼梯间，那里有根金属杆，她的衣服挂在那里。可是，她去转动所有的门把手，发现都上了锁。终于，从敞开的大门，她进到了客厅；这间客厅让人感觉大得出奇，而且空无一人：那个穿着绿色罩衫的黑女人已经开始用吸尘器在打扫。晚上聚会的那群人，只剩下几位先生，站在那里，低声交谈；他们都是一身盛装，根本一点也不注意香黛儿，而香黛儿意识到她裸体一下子变得很失礼，害羞地看着他们。另外一位先生，七十岁左右，穿着白色的浴袍，趿拉着拖鞋，向着他们走过来，跟他们说话。

她想破了头，想知道她可以从哪里离开这里，可是，这里，出乎意料之外，竟然空空荡荡的，而且在这样化身变形的气氛里，这里房间的格局在她看来好像也都变了形，她分辨不出来自己所在的位置。她看见了一扇通到隔壁房间的门大大敞开着，口里含着口水的那位金发女郎刚刚就是在那个房间里诱惑她；她进了那个房间；里面没人；她停下了脚步，看看有没有门；这里没有门。

她回到客厅，发现男士们在这时候都离开了。为什么她刚刚没有注意？那她就可以跟着他们一起走了！只有那位穿浴袍的七十几岁的老先生还在这儿。他们的目光交会，她认出了他是谁；她突然油然而生一种信赖感，急急地向他走过去："我打过电话给您，您记得吗？您叫我来，可是我来了以后，却找不到您！"

"我知道，我知道，原谅我，我已经不参加这种小孩子的游戏了，"他很和蔼地跟她说，可是并没有把注意力放在她身上。他走到窗户边，一扇接着一扇地打开窗。一阵强风吹进客厅里。

"我真高兴，能遇到我认识的人。"香黛儿激动地说。

"我必须让这些臭味散掉。"

"请您告诉我，楼梯间在哪里。我所有的东西都放在那里。"

"耐心一点，"他说，然后他走到客厅的一个角落，有一把椅子被遗落在那里；他把椅子拿过来给她："请坐。我一有空就来招呼您。"

椅子放在客厅中央。她乖乖坐了下来。那位七十几岁的老先生走到那位黑女人旁边，然后和她一起到另外一个房间去，两人就不见了。这时候，那间房间里传来了吸尘器嗤嗤作响的声音；在这声音背后，香黛儿还听见那位老先生在下命令，接着又听见了几声铁锤重击的声音。铁锤？她很惊讶。是谁拿着铁锤在这里干活？她没看到有人在那儿！大概有人来了吧！可是他从哪里进来的呢？

一阵风吹来，掀起了窗边的红色窗帘。香黛儿光着身子坐在椅子上，觉得很冷。她又听见几记铁锤敲打的声音，这把她吓坏了，她明白了：他们把所有的门都钉死了！她永远没办法离开这里了！一种极端危险的感觉充塞在她整个人里面。她从椅子上站起来，走了三四步，可是不知道要走到哪里去，又停下脚步。她想喊救命。可是谁能救她呢？在这个极端焦虑无助的时刻，她脑海里浮现的画面是，一个男人为了走向她，和一群人打起架来。有人把他的手臂扭到背后。她看不见那个男人的脸，只看见他躬着的身体。天哪，她想要更清楚地记起他的样子，回忆起他的长相，可是她做不到，她只知道这个男人爱她，而现在，这是唯一对她重要的事。她曾经在这个城市里见过他，他大概就在不远的地方。她想要尽快找到他。可是怎么找？门都被钉死了！然后，她看到了在一扇窗户的旁边有红色的窗帘飘动。窗户！窗户是开着的！她必须到窗户旁边去！她可以对着街上大喊！她甚至可以跳到外面去，如果窗户离地不太高的话！铁锤又敲打了一下。又一下。要不现在跳，要不就完了。时间对她很不利。这是采取行动的最后时机。

48

他又回到长椅那里，在昏暗中长椅只隐隐约约看得见，这里只有两盏路灯照明，两盏路灯彼此离得很远。

他做势要坐下，突然他听见有人吼了一声。他吓一跳；原来，刚刚已经有人占了这张椅子，那人咒骂了他几句。他一声不吭就离开了。好了，他心里想，这是我新的处境；为了有个小小的角落可以睡觉，甚至必须奋战一番。

他停下了脚步，在马路的另一边，在他面前，是那间有白色大门的屋子，在它入口处有两根柱子，上面吊着一盏灯照明，他两分钟前才被人家从里面赶出来。他坐在人行道上，背靠着公园外围的栏杆。

不一会儿就下雨了，雨毛毛细细地，开始下了起来。他竖起了衣领，观察屋子的动静。

突然，窗户一扇接着一扇打开了。红色的窗帘也都被拉开，在微风的吹拂下飘动，透过窗户，他看见了明晃晃的白色天花板。这意味着什么呢？宴会已经结束了？可是没有人从这屋子里出来啊！几分钟以前，嫉妒像一把火似的烧灼着他，而现在他只感觉到害怕，单单是为香黛儿感到害怕。他什么都愿意为她做，可是他不知道他该做什么，让他无法忍受的其实是：他不知道该怎么帮助她，然而他是唯一能帮她的人，他，就只有他，因为她在这个世界上再没有其他人了，在世界的每个角落都再没有其他人了。

他脸上爬满了泪水，他站了起来，往屋子走了几步，喊着她的名字。

49

那位七十几岁的老先生，手里拿着另一把椅子，走到香黛儿面前，停下来问她："您想要去哪里？"

她很讶异，看见他出现在她面前，在她内心极度紊乱的时候，有一股热气从她身体深处冒上来，涨满了她整个肚子、她整个胸部，覆满了她整张脸。她全身火红。她全身赤裸裸，她全身红彤彤，而且，当男人把目光放在她身体上的时候，她可以感觉到她光溜溜的身体每一小块灼热的地方。她用一种很机械性的动作，把一只手放在她一边的乳房上，就好像她想要遮住它。在她身体深处，火焰很快把她的勇气、她的反叛消耗殆尽。突然，她觉得很疲倦。突然，她觉得很虚弱。

他抓住了她的手臂，把她带到椅子那里，还把他自己的椅子放在她面前。他们两个人各自坐了下来，彼此面对面，靠得很近，坐在空荡荡的客厅里。

冰冷的穿堂风罩着香黛儿流汗的身体。她发着抖，用一种细弱、恳求的声音问:“我们不能离开这里吗?”

“您为什么不愿意和我一起待在这里，安娜?”他用一种谴责的口气问她。

“安娜?”她吓呆了:“您为什么叫我安娜?”

“那不是您的名字吗?”

“我不是安娜!”

“可是从我认识你以来，您都是叫安娜这个名字!”

隔壁房间还是一直传来铁锤敲打的声音；他转过头，往那个方向看去，就好像在犹豫要不要干预。她趁这独自一个人的时候，想要把事情理清楚：她一丝不挂，可是他们还一直剥光她！把她的自我剥下来！把她的命运剥下来！他们给了她另外一个名字，然后就把她丢弃在一群陌生人中，而她永远无法对这些陌生人解释她是谁。

她再也不敢奢望能够离开这里。所有的门都钉死了。她必须很谦虚地从刚开始的时候开始。最刚开始，是她的名字。首先，她最想要的（就像最低基本需求一样），是她眼前的这个男人用她的名字称呼她，用她自己真正的名字。这是她待会儿要问他的第一件事。她待会儿一定要问这个。可是她刚订好这个目标，就发现，她的名字好像卡在她的脑子里；她再也想不起来自己的名字。

这让她觉得非常惊慌，可是她知道这攸关她的性命，为了保护自己，为了奋而抵抗，她无论如何都必须让自己冷静沉着；她集中全部的心思，努力回想：她受洗的时候家人给她取了三个名字，没错，是三个，她只使用其中一个，这些她知道，可是是哪三个名字，她又是叫哪一个？天哪，这个名字她应该听过几千万次！有一个男人爱着她的这个念头浮现。要是他在这里，他会用她的名字称呼她。也许，要是她能想起他的长相，她就能想象出来他叫她名字的时候发音的嘴形。她觉得这是一条好线索：借着这个男人，以间接的方式知道自己的名字。她试着去想象他的长相，又一次，她看见一个人影在一群人中间跑来跑去。这是一幅苍白的影像，逐渐地模糊淡去，她努力留住这个影像，留住它，让它更清晰，把它拉到过去的时光里：这个男人，他是从哪里来的？他怎么会在人群中？他为什么打架？

她努力把这个回忆延展开来，一个花园出现在她的脑海，花园很大，有一栋乡下大宅院，在那里许许多多人中间，她看见了一个个头矮小、瘦弱的男人，她想起来，她和他有过一个孩子，关于这个孩子她什么都不知道，只知道他已经死了……

“您的心思飘到哪里去了，安娜？”

她抬起头，看见一个老头子，坐在她前面的一张椅子上看着她。

“我的孩子死了。”她说。回忆太薄弱了；所以她要大声把它说出来；她认为这样就能让它显得更真实；她认为这样就能把它留住，就像留住一小截已经飞逝的人生。

他弯下腰看着她，执起了她的双手，平静地，用一种鼓励的语调说：“安娜，忘了您的孩子，忘了您那些死去的人，想想生命吧！”

他对她微笑。然后，他用手势大幅度地比划了一下，就好像他要表明的是某种浩瀚、崇高的事物：“生命！生命，安娜，生命！”

这个微笑和这个手势使她充满了恐惧。她站了起来。她发着抖。她的声音颤抖：“什么生命？您所谓的生命是什么？”

她不假思索地问了这个问题，接连地又让她想起了另一个问题：难道现在已经是死亡？是不是这样呢，是已经死了？

她拿起椅子丢过去，椅子滚过客厅，撞到了墙。她想大声喊，可是找不到只言片语。一声长长的啊啊啊啊啊，咕哝不清地从她嘴里喷出来。

50

“香黛儿！香黛儿！香黛儿！”

他把她抱在怀里，喊叫声摇晃着她的身体。

“醒过来！这不是真的！”

她在他的臂弯里直打哆嗦，他还一直对她说好几次：这不是真的。

她重复着他的话说：“不，这不是真的，这不是真的！”慢慢地，很慢很慢地，她平静了下来。

而我问我自己：是谁在做梦？是谁梦见了这个故事？是谁想象出来的？是她？是他？是两个人一起？是互相为对方？从哪个时候开始，他们真实的人生转变为凶险的幻想？当火车没入英吉利海峡的时候？或是更早一点？是她跟他说她要去伦敦的那天早上？或是再更早一点？是那一天，她到笔迹鉴定专家的办公室，遇见了在诺曼底小城咖啡馆的那个男孩？或是再更早一点？当让-

马克写给她第一封信的时候？可是他真的写过那些信给她吗？或者他只是在他的想象中写了这些信？是在哪一个明确的时刻，真实转变为不真实，现实转变为梦境？界限在哪里？界限在哪里？

51

我看见他们两个人，侧着一边的脸，床头的小灯照亮了他们两个人的头部：让-马克的头，他的脖子枕在枕头上；在让-马克头部上面十厘米的地方，香黛儿勾着脖子，低着头。

她说："我再也不让离开我的视线。我要一直不断地看着你。"

停了一下，又说："我一眨眼睛就害怕。害怕在闭着眼睛的这一秒钟里，会有一条蛇、有一只老鼠、有另外一个人悄悄出现在你的位置上。"

他稍微撑起身子，想亲她。

她把头低下去："不，我只想要看着你。"

然后说："我要让灯亮着一整夜。一整夜。"

1996年秋天于法国完成